JN304417

君は素知らぬ顔で

飛鳥井千砂

祥伝社文庫

もくじ

Scene 1

斜め四十五度

指先に微《かす》かな、本当に微かな振動を感じて目を開けた。目を開けたことで、自分が眠ってしまっていたことに気が付いた。ゆっくりと瞬《まばた》きをする。

見られただろうか。顔だけを動かして、先輩の方に目をやった。弓なりで半円型のカウンターの端と端、先輩は「貸し出し口」に、私は「返却口」に座っている。私の席からは先輩の姿は斜め四十五度くらいの角度で、ほとんど背中しか見えない。紺色のブレザーに包まれたその背中は大きく丸まっている。この人は本当に猫背だ。

先輩はカウンターにノートや参考書などの勉強用具を広げてはいるけれど、意識はそこにはなさそうだ。左手で頬杖《ほおづえ》をつき、頭は下ではなくて前を向いている。その頭がときどき小さく揺れて、その度にブレザーの襟《えり》の一番上のラインを、男子にしては長い髪が隠したりまた覗《のぞ》かせたりしている。シャープペンは手から離れて、ノートの上に転がっている。眠っているらしい。

自分だけじゃなかったことに安心して、顔を元に戻しかけたときだった。さっきと同じ振動を、机の上に置いていた手にまた感じた。

先輩の右手の指先が、カウンターを小さく叩いている。微かに鼻歌らしきものも聞こえてきた。眠っていたんじゃないのか。貧乏ゆすりみたいなものだろうか。

入口の扉が開いて、髪の長い女子が一人入ってきた。本日最初の「お客様」だ。週に一度、放課後の二時間、こうやって図書室の貸し出し当番をやっているけれど、お客様は一日に二、三人来ればいいほうである。その数人も本の貸し出しではなくて、勉強だけにやってくる場合が多い。一人もお客様が来なかった週だってある。そんなにヒマなんだから、居眠りしてしまうのも仕方がない。そう自分に言い訳をしてみる。

お客様は、真っ直ぐに私の方にやってきて、「返却お願いします」と抱えていた本を差し出した。分厚い世界史の参考書だ。

「はい」と返事をして、裏表紙を開き貸出カードを取り出す。返却スタンプの日付がずれていたので、1996年7月に直してから、えいっと押した。

「あれ、山村《やまむら》君。図書委員だったんだ」

お客様が先輩に向かって話しかけた。

「ああ、うん」

先輩が顔だけお客様の方に向けて、頷《うなず》きながら返事をした。

「頑張ってね」

爽《さわ》やかにそう言って、お客様は出て行った。

入口の扉が閉まるのを確認してから、「友達ですか?」と訊《たず》ねたら、先輩の「誰だっけ?」という声と被《かぶ》った。

「え、誰って? 今、話してたじゃないですか」

「うん。向こうは僕のこと知ってたから、知り合いなんだろうなって思って」

貸出カードで確認してクラスと名前を教えてあげた。「うーん」と先輩は首を捻る。

「去年同じクラスだったんだろうな、多分」

ちらっと見ただけだけれど目鼻立ちのはっきりした結構な美人さんだった。クラスではきっと目立っていたと思う。それなのに覚えていないって。向こうは先輩を覚えていたのに。失礼だけれど、色白で髪が長く、ちょっと暗めに見えなくもない先輩は、きっとクラスでは目立たないほうだっただろうに。

本当にこの人は、どこか鈍いというか、ずれている。最初の図書当番の日からそうだった。今と同じようにそれぞれの椅子《いす》に座って、お客様が来るのを待っていたときだ。もう忘れてしまったけれど、なにか聞きたいことがあって、私は先輩の斜め四十五度の背中に声をかけた。

「あの、先輩」

先輩は向こうを向いたままで、返事をしてくれなかった。

「あの、先輩」

聞こえなかったのかと思って、もう一度少し声を張って話しかけてみた。それでも反応はなかった。先輩は左手で頬杖をついて、右手の指先で机をトントン叩いていた。そういえば、あのときもだった。あの指先を動かすのは先輩のクセなのかもしれない。

「山村先輩」

次は名前付きで呼んでみた。すると先輩は肩をびくっとさせて勢いよく振り返り、「あ、僕？　先輩って僕のこと？」と大きな声を出した。その言葉にこっちが驚いた。

「二年生になったばっかりだから、先輩って呼ばれ慣れてなくてピンと来なかった。ごめんね。なに？」

長い前髪の間から見えた目が、よほど驚いたのかまん丸になっていて、私は笑いそうになるのを必死に堪《こら》えた。そうしたらなにを聞こうとしていたのか忘れてしまった。だって、いくら呼ばれ慣れていなくたって、二人しかいない場所で話しかけているんだから先輩を呼んだに決まっているのに。

あの日から私にとって「先輩」という言葉は、このなんだかちょっとずれた人の固有名詞になった。私は部活に入っていないし、他に上級生の知り合いもいないから、それでまったく問題はない。

「ねえ、賭《か》ける?」

ぼんやりしていた私をそんな声が現実に引き戻した。猫背だった背中を反《そ》らせて伸びをしながら、先輩が顔だけこちらに向けていた。

「なにをですか?」

「今日このあと、何人お客様が来るか」

「このあと?」

カウンターの正面の壁に掛けられている時計を見上げる。閉館まであと三十分だ。

「0人」

私の言葉に、先輩はニッと口許《くちもと》だけで笑った。

「賭けにならないな。僕も0人」

私と先輩の勘は当たった。そのあとお客様は一人もやってこなかった。


先輩と並んで廊下を歩き、職員室に向かう。図書室のカギを返しにいくのだ。最初の頃は、男の先輩と並んで廊下を歩くのが恥ずかしくて、斜め後ろをついていく感じにしていたけれど、最近は気にならなくなった。先輩が、「二人並んで歩いている」という状況をまったく意識していないことに気が付いたからだ。こちらだけ気にしているなんて、かえって恥ずかしい。

職員室の扉の横の壁にもたれて、中にカギを返しにいった先輩を待っているときだ。「奈央《なお》」と誰かに名前を呼ばれた。廊下を、亜紀《あき》ちゃんと悦《えつ》ちゃんが手を振りながら歩いてくる。

「どうしたの？　今日はゲーセン行ったんじゃなかったの？」

「うん。行って遊んで戻ってきた」

「奈央を置いてっちゃって悪かったから、一緒に帰ろうと思って、迎えにきたの」

二人は口ぐちに説明をする。

「そんなの、気にしなくてよかったのに」

二人とは、高校に入学してから仲良くなった。クラスでは大体一緒に行動している。でもトイレまで「一緒に行こう」と誘われたりすると、正直「小学生じゃないんだから」と思ってしまうときもある。

先輩が職員室から出てきた。でも亜紀ちゃんと悦ちゃんは、私の連れだとは思わなかったようで、「明日のリーダー、小テストあるよね」「超面倒くさ〜い」と会話を続けながら、廊下を下駄箱《げたばこ》に向かって歩き出した。逆に先輩が私の友達だと察してくれたらしく、無言で私たちの少し先を歩いてくれた。「気を遣《つか》わせてしまってごめんなさい」と先輩の背中に向かって謝りながら、私は二人と会話をした。

「音楽も来週、テストだよね。なにやる？　なんでもいいから発表って言われても、困んない？」

亜紀ちゃんのぼやきに、悦ちゃんが頷く。

「だよね。やっぱり歌かリコーダーかな？　奈央はピアノ？　習ってるんだよね」

先輩がいきなりこちらを振り返った。亜紀ちゃんと悦ちゃんは驚いたようで、一瞬足を止めた。

「お疲れ様でした。さようなら」

ちょうど下駄箱に着いたところだったので、私は先制してそう言った。先輩は一瞬の間のあと、「うん。お疲れ」と返事して、二年生の下駄箱の方へ歩いて行った。最初気を遣ってくれていた割に、なんだか今の掛け合いは妙な感じだった。

「びっくりした。なに、あの人？　奈央、知り合いなの？」

先輩の姿が見えなくなったのを確認してから、亜紀ちゃんがそう聞いてきた。

「一緒に図書当番やってる先輩」

靴を履《は》き替えながら答える。二人は「えーっ」と、大きな声を上げた。

「あの人と二人でやってるの？　可哀想。図書委員のクジ引いちゃったところから、奈央ついてないよね」

「なんか暗そうな人だったよね。オタク系？　こわーい」

苦笑いしてしまう。確かに私も最初はそんな風に思っていた。

「そんなに暗い人じゃないよ。よく喋《しゃべ》るわけでもないけど、話しかけたら返してくれるし」

私の言葉に、二人は顔をしかめる。

「話しかけたら返すって、当たり前じゃん」

「絶対オタクだって。なに、あのダラダラした長い髪」

確かに話しかけたら返すは当たり前かもしれない。でも決して暗くはない。ちょっとずれているところが、逆に和《なご》むぐらいなのだ。そう思ったけれど、うまく説明できそうになかったので黙っておいた。

「おー、帰るの？　お疲れ」

昇降口を出た水飲み場の前で、隣のクラスのサッカー部の男子に話しかけられた。悦ちゃんと亜紀ちゃん、特に悦ちゃんがカッコいいと騒いでいる子だ。名前は確か、亮介《りょうすけ》君といった。

「うん。サッカー部はまだ練習中？　頑張ってね」

悦ちゃんの声がはずんでいる。

まだ付き合うまではいっていないけれど、だいぶ仲良くなってきたから、もう一押し、というのが二人の今の状態らしい。昨日は亮介とこんな話をしたんだよ、などと悦ちゃんは毎日、私と亜紀ちゃんに事細かく説明をしてくれる。

「バイバーイ」と私たち三人に手を振ったあと、亮介君は髪を手で後ろに束ねて、水飲み場の蛇口に顔を近付けた。彼の髪は先輩どころじゃなく長く、肩の下まである。色はかなり明るい茶色で、いつも女の子みたいな大きなヘアバンドで前髪を上げている。けれど二人に言わせると、それはダラダラしているのではなく、「ロン毛で超カッコいい」らしい。でも実は私は亮介君を見ると、髪は真っ茶色なのに眉毛《まゆげ》は真っ黒なことに、いつも少し笑いそうになってしまう。二人には絶対に言えないけれど。

三人で並んで自転車を漕ぎながら、川沿いの道を行く。西日が目に眩《まぶ》しい。

「お腹減っちゃった。ファミレス寄らない？」

亜紀ちゃんが言う。「行こう、行こう」と悦ちゃんが返事をする。

「ごめん、私は今日食事当番だから行けない」

慌てて私は言った。

「そうなの？」

「じゃあ、私たちもやめる？」

二人が顔を見合わせる。

「いいよ行ってきなよ。気にしないで」

「そう？」「でも……」と二人は戸惑《とまど》ったような表情を浮かべた。

「本当に、気にしないで」

ハンドルから片手を離して、私は顔の前で笑いながら手を振ってみせた。

大きな橋の袂《たもと》で二人と別れた。ファミレスに向かう二人の後ろ姿を、しばらく見送った。そっくりな髪型に、そっくりな制服の着こなし。背格好も似ているし、後ろ姿だと二人は見分けがつかない。

私は橋を渡った向こう側の街の北側に、二人は反対の南側に住んでいる。中学校の学区は川の北と南で分かれていた。だから亜紀ちゃんと悦ちゃんは同じ中学出身だ。

南側には、北側にはないものが沢山ある。特急が止まる大きな駅。その周りにどんどん増えていく、ファミレスやゲーセンやカラオケボックス。大きなマンションやショッピングセンター。

だから南側から来た二人は私よりずっと遊び慣れていて、流行物《はやり》にも敏感だ。二人とも入学してすぐに、亮介君ほど明るくはないけれど、髪を茶色に染めた。入学説明会のときには規定通り膝下丈だったスカートは、初登校日には膝上になっていた。二、三年生の派手なグループの人たちの間で流行り出したら、すぐに真似《まね》して二人もルーズソックスを履き出した。同じ頃からうっすらと化粧をして登校するようになり、日に日に濃くなってきている。二週間ぐらい前から、ポケベルも持ち始めた。

二人はどれも、「奈央もやろうよ」と誘ってくれる。でも私は、まだどれにも手を出していない。「みんなやってるんだから、恥ずかしくないって」と二人は言う。流行に乗るのに気後れしていると思われているらしい。確かにそれもゼロではない。けれど一番の大きな理由は、どれも特に面白そうとか、やってみたいと思えないからだ。

玉ねぎと人参とジャガ芋《いも》が残っていた記憶があったので、家の近くのスーパーで豚肉を買ってから帰った。今晩は肉じゃがにしよう。

ぐつぐつ言い始めた肉じゃがの鍋に落とし蓋《ぶた》をして、台所を離れた。リビングのソファに座って、特に目的の番組があったわけではないけれど、テレビを点《つ》けた。煮込む間に少し休憩をしよう。

テレビ画面には学校の校舎のような場所が映し出された。セーラー服の女の子三人組が、話をしながら廊下を歩いている。「ゆうちゃん」と呼ばれた真ん中の女の子に見覚えがあった。

数年前に、ランドセルを背負ってチョコレートのCMをしていた子役だと思う。人気のCMで、天才子役と騒がれていた。当時はショートカットだったけれど、髪も長くして大人っぽくなっている。もう中学生なのか。

そう言えば最近クラスの子たちが、「ゆうちゃんのドラマ観た?」などと、よく話している。亜紀ちゃんと悦ちゃんも観ているらしく、「いいドラマだよね」とか、「ゆうちゃん役の子の演技が上手くて」とか言っていた。

場面が変わって、家のリビングらしきところが映った。お父さん役とお母さん役らしい人たちが、テーブルの椅子に座って深刻そうな顔で向かい合っている。その二人を、ゆうちゃんと弟役らしき男の子が、部屋の隅から身を寄せ合って眺めていた。ざわっとしたものが、私の胸をよぎる。

『二人ともひどい。離婚だなんて』

ゆうちゃんが、声を震わせた。

『私たちのことを本当に考えてくれてたら、そんなこと絶対できないはずでしょ』

セリフを言うゆうちゃんの横で、弟役の男の子は泣き出した。わあわあと大声で、いかにも演技、嘘泣きっぽい。実際のこういう状況では、意外とこんな風に興奮したりしないと思う。

『私は、ずっと家族四人で一緒にいたいよ。離れ離れになっちゃうなんて嫌だよ』

ゆうちゃんが、ゆっくりとした口調で言いながら、静かに涙をこぼした。弟役の子と違って、こちらの涙には現実感がある。確かに演技は上手いみたいだ。

『ごめんね。二人に可哀想な思いさせることになって。でも……』

お母さん役の人がセリフを言いかけたところで、テレビを消した。途中から見たって、どうせわからない。

台所に戻って鍋の様子を窺《うかが》っていたところに、お母さんが帰ってきた。

「ただいま。あら、おいしそうな匂い」

「お帰り。今日は肉じゃがだよ。もうすぐできるからね」

「ありがとう。お皿、どれにしようね?」

テーブルの上に置いたお母さんのバッグから、電子音が鳴り出した。ポケベルだ。

「やだ、帰ってきたばっかりなのに」

バッグからポケベルを取り出すと、「ちょっと電話してくるわね」と言って、お母さんは廊下に向かった。お母さんは隣町の総合病院で、内科医として働いていて、こういう呼び出しはしょっちゅうだ。

「ポケベル、最近は高校生も持ち始めてるらしいわね。奈央はいいの？　友達で持ってる子、いる？」

電話を終えて戻ってきたお母さんが、訊いてきた。呼び出しは簡単な用事だったようで、病院に戻ったりしなくても済んだらしい。

「持ってる子も増えてるけど、私はいいや。面倒くさそう」

テーブルに着いて、「いただきます」をする。

「やっぱり増えてるのね。みんななにに使ってるの？」

お母さんが箸《はし》を取りながら言った。

「おやすみとか、今なにしてる？　とかそういうメッセージ送り合うみたいだよ。うちの学校、公衆電話一つしかないから、最近休み時間はいつも電話の前に行列ができてる。数字で暗号みたいにメッセージ送るんだって。えーと、おやすみが０８２３とか、そんな感じ」

亜紀ちゃんと悦ちゃんから得た知識を披露《ひろう》してみる。

「へぇ、面白いこと思いつくわね。友達同士で送り合うの？」

「うん。あと、彼氏彼女で送り合ったりとかかなぁ」

「愛してる」が、「14106」だというのも思い出したけれど、そちらはなんとなく言わずにおいた。悦ちゃんは、早く亮介君相手に使えるようになりたいと言っていたっけ。

「ふーん。奈央は？」

お母さんが、顔を上げて私の顔を見た。

「だから、いらないって。私、そんなにマメじゃないもん。毎日学校で会うのに、そんなことしなくてもって思っちゃう」

「そうじゃなくて、彼氏とか好きな男の子とかいないの？」

びっくりして、口を付けかけていたお味噌《みそ》汁のお椀《わん》を机に戻してしまった。お母さんと目が合った。恥ずかしくなって、急いで逸《そ》らした。

「いないよぉ、そんなの」

顔を上げるとまた目が合いそうで、下を向いたまま言った。

「あら、そうなの。じゃあ、仲のいい男の子とかは？」

「仲がいいって言うか、クラスの男子とは普通に喋ったりするけど。それから、友達が仲良くしてる男子とか……」

隣の席の男子と、亮介君の顔が頭に浮かんだ。でもどちらとも、挨拶《あいさつ》を交わす程度で、仲がいいというほどではない。

そのあと先輩の顔が頭に浮かんだ。会うのは週に一度だけだけれど、私が男子で一番よく会話をするのは先輩かもしれない。

「図書当番で一緒の先輩とは、最近結構喋るよ」と言ってみようかとも思ったけれど、少し間が空いてしまったので止めておいた。その前に「彼氏」とか「好きな人」と言われたし、疑われても困る。

「友達がみんな持ってると仲間はずれにされちゃったりしない？　欲しいなら買ってあげるから言いなさいね。利用料金だって、大して高くないんだから」

肉じゃがに箸を伸ばしながら、お母さんが言う。一瞬なんの話かわからなかったけれど、やがてポケベルのことだと気が付いた。

「大丈夫だよ」

口の中の肉じゃがを飲み込んでから、きっぱりと言った。

「小学生じゃないんだから、そんなことで仲間はずれにされたりしないよ」

「それならいいけど」

お母さんはそう言って、ゆっくりお味噌汁を啜《すす》った。

次の日の朝、教室に入っていくと、亜紀ちゃんと悦ちゃんはゆうちゃんのドラマの話で盛り上がっていた。

「昨日、観た？」

「観た観た。どうなっちゃうんだろうね？　離婚しちゃうのかな？」

「ねー、可哀想だよね。子供のこと全然考えてないよね」

ゆうちゃんの両親は、まだ離婚していないらしい。話に入ってみようかと思ったけれど、少し観ただけだから、すぐについていけなくなるだろうと思い直して、とりあえず机にカバンを置きに行った。二人の会話が変わるタイミングを見計らって、「おはよう」と声をかけてみた。

「おはよう、奈央。ねぇ、今日の放課後、同じ中学だった子たちとカラオケに行くんだ。奈央もどう？」

悦ちゃんが言う。

「ごめん、今日はピアノの日なんだ」

「そうだっけ。じゃあ、別の日にしようか？」

亜紀ちゃんが、悦ちゃんの顔を見る。

「いいよ、行ってきて。だって中学の友達とは、今日で約束したんでしょ？」

私がそう言ったとき、教室の入口の扉が開いて、先生が入ってきた。亜紀ちゃんの席から慌ててそれぞれ自分の席に向かった。

「ピアノ習ってるの?」

何の前触れもなく、いきなり先輩はそう聞いてきた。「え?」と驚いて先輩の方に体を向ける。先輩は斜め四十五度の背中ではなくて、上半身だけこちらに向けていた。

今日も「お客様」はまだ一人も来ていない。私は古典の教科書とノートを広げて予習をしていて、先輩は本を読んでいた。もう随分長い間会話はしていなかったのに、なんだろう、突然。

「え?　習ってますけど、なんで?」

「なんですか急に」という意味だったのだけれど、先輩は「なんで知ってるの?」と、取ったらしい。

「この間下駄箱の近くで、友達とそんな話してた気がして」

「ああ……」

音楽のテストの話のときに、私がピアノを習っていることを亜紀ちゃんか悦ちゃんが言っていたかもしれない。そういえばあのとき、先輩はいきなり振り返ったかも。

「一応習ってます。なんとなく続けてるだけだから、そんなに上手くないですけど」

「へぇ。僕も昔習ってたんだよね。中学に入って、やめちゃったけど」

「そうなんですか？」

「うん。で去年、音楽の授業で久しぶりに触ったら懐《なつ》かしくなっちゃって。頭の中でたまに弾いてみたりしてる、最近」

そう言って先輩は、右手の指先を動かした。

「ピアノ弾いてたんですか、それ。たまにやってますよね、その仕種《しぐさ》」

貧乏ゆすりではなかったらしい。

「え、本当？ここでもやっちゃってる？」

「やってますよ、よく。また習いに行ったりはしないんですか？」

「もう家にピアノないんだよね。従妹《いとこ》にあげちゃったんだ。それに、今からまた習い出しても、来年は受験でやめなきゃいけないだろうから、中途半端になっちゃうし」

確かに。私もいつまで続けるか、最近よく考えるようになった。

「今日も、ヒマだねぇ。このままお客様0かな。この図書室、結構いい本揃《そろ》ってるのに、利用者少ないの、もったいないよなぁ」

伸びをしながら、先輩は言う。少し後ろめたかった。私もあまり読書をする習慣はない。

「先輩はよくここで本読んでますよね？　好きな作家とかいるんですか？　毎週図書室に来てるんだから、私も少しぐらい読書してみようかな」

「好きな作家？　特にいないな。質は違っても、どの本も必ず面白さがあるよ。だから去年から順番に読んでるんだ。僕、去年も図書委員だったから」

「順番って？」

「ア行の作家の棚から、順番に一つずつ。今、ここ」

淡々とした口調で先輩は言って、さっきまで読んでいた本の表紙を私の方に向けて見せた。「シ」から名前が始まる、聞いたことのない外国作家の分厚い本だった。しかも第三巻と書いてある。一体、何巻まであるのだろう。

どう反応していいかわからなくて黙っていたら、先輩は斜め四十五度の背中の姿勢に戻って、再び本を開いた。この人は、やっぱり少し変わっている。

職員室までの廊下の途中に、公衆電話がある。女の子が左手で受話器を持って、右手でものすごい速さでボタンを叩いていた。ポケベルにメッセージを送っているのだろう。

「先輩、ポケベル持ってますか？」

通り過ぎてから、小声で聞いてみた。

「ポケベル？　持ってない。なんか面倒くさそうで、あれ」

私と一緒だ。妙に嬉しくなった。

「荒川《あらかわ》さんは？　持ってるの？」

名前を呼ばれて、驚いた。初めてかもしれない。最初に挨拶したときに名乗って以来なのに、ちゃんと私の名前を覚えていてくれていたんだ。いつも二人しか図書室にいないので、名前を呼ばれなくても、話しかけられたら自分のことだとわかる。いや、先輩は最初の日、わかっていなかったけれど、私は普通だからわかる。

「持ってません。私も面倒くさがりで」

「ふーん。あのダボダボした靴下も、荒川さん、履いてないよね」

すれ違った女子のルーズソックスを見ながら、先輩は小声で言った。

「うーん。あんまりかわいいと思えなくて」

「そっか。流行ってるからって、好きじゃないのにやることないもんな」

「そう……ですよね」

私が頷くと先輩も自分の言葉に、「うんうん」と首を振って頷いた。長い前髪が揺れる。

「先輩、その髪は？　伸ばしてるんですか？　最近男子の長髪流行ってるみたいですよね」

「ロン毛」はあまりカッコいい呼び方とは思えないので、口にはしなかった。

「みたいだね。でも、僕は単にしばらく切ってないだけだよ」

やっぱり。笑ってしまう。多分そんなことだろうと思った。

「でもこれが意外といいんだよね。授業中眠ってても、ばれないから」

得意げに言って、先輩は笑った。長い前髪の奥で目が細められた。私もつられて笑った。

亜紀ちゃんたちは「こわい」と言っていたけれど、先輩の笑い顔は「こわい」どころかとても優しげだった。


次のピアノ教室で、発表会の日程を先生が告げた。毎年夏休みに、他の教室と合同で会場を借りて開かれている。お母さんが毎年、きっちり休みを取って見に来てくれる恒例の行事だ。

「それでね、チケットのことなんだけど。今年はどの教室も全体的に生徒さんが減っちゃったから、家族の方だけじゃなくて、お友達や知り合いの方にも来てもらえるとありがたいんだけど。声かけてみてもらえない？」

先生が言う。料金は取っていないから捌《さば》けなくても損失が出るわけではないけれど、あまりに空席があるのも、ということだった。確かに出演する側としても、それは淋しい。

「じゃあ学校の友達、誘ってみます」

亜紀ちゃんと悦ちゃんの顔を思い浮かべながら言った。興味を持ってくれるだろうか。

「ありがとう。よろしく」

ふと、指先を動かしている、斜め四十五度の先輩の後ろ姿が浮かんだ。「懐かしくなっちゃって」と言っていたし、来てくれるかもしれない。でも亜紀ちゃんと悦ちゃんは、先輩のことを「暗そう」とか「こわい」と言っていたし、同席させないほうがいいだろうか。それにお母さんも来るし、男子を誘うのはやっぱりちょっと恥ずかしいかも——。

「奈央ちゃんは、高校に入って彼氏とかできた?」

先生の言葉で我に返った。慌てて顔を上げる。

「え、なんですか、急に。彼氏?」

先輩のことを考えていたところだったので、しどろもどろになってしまった。

「芳江《よしえ》ちゃんに、最近彼氏ができたんだって。発表会にも来てくれるそうよ」

同じ教室の同い年の女の子だ。ときどき、教室の入口ですれ違う。

「そうなんですか」

適当に相槌《あいづち》を打ちながら、バッグから楽譜を取り出した。

「今日はどこからだったかしら?」

先生も教材を広げ始めた。さっきの話が続けられることはなさそうで、安心する。


放課後、久しぶりに亜紀ちゃんと悦ちゃんとファミレスに行った。今日は食事当番も図書当番もピアノもない。

「はい、これ。この間お姉ちゃんと撮ったプリクラ。まだあげてなかったよね?」

亜紀ちゃんが手帳の中からシールみたいなものを取り出して、私と悦ちゃんに一枚ずつ渡した。

「わーい。ありがとう。かわいいじゃん」

悦ちゃんがテーブルに手帳を広げてそれを貼る。他にも同じようなシールが沢山貼ってあった。

「なに、これ?」

私が聞くと亜紀ちゃんは「ああ、そうか」と言った。

「奈央とはまだ撮ったことなかったね。プリクラって言って、撮った写真をこうやってシールにできるんだよ。ゲーセンにあるの」

「へぇ」

「フレームって言って、周りの柄が好きなのを選べるんだよ。撮ったら交換してこうやってどんどん手帳に貼ってくの。この間亜紀と二人で撮ったやつ、奈央にあげるね」

悦ちゃんも自分の手帳から一枚取り出して、私に差し出した。亜紀ちゃんとお姉ちゃんのは、花柄のフレーム。亜紀ちゃんと悦ちゃんのは、水玉柄のフレームだった。

「ありがとう。かわいいね」

私も手帳を出して、空いているところに二枚のシールを貼った。こういうものは好きだ。小学生の頃から、気に入った柄のレターセットやシールを集めている。

「今度は奈央も一緒に撮ろうよ。この後、行く？　早速」

亜紀ちゃんが言った。「うん、行きたい」と返事する。

「じゃあ帰りに寄ろうか。私、もう一杯コーラもらってくるね」

悦ちゃんがグラスを持って席を立った。店の真ん中にある、ドリンクバーのコーナーに向かう。

それから一時間近く、亮介君の話やテレビの話で盛り上がった。ゆうちゃんのドラマの話も出た。二人の説明によると、ゆうちゃんの両親は次の週に結局離婚してしまい、ゆうちゃんは今、お母さんと一緒に引っ越した先の新しい中学でイジメに遭《あ》っていて、とても可哀想な状況らしい。

「それでも頑張るゆうちゃんが、健気《けなげ》でいいんだよね。応援したくなるの」

亜紀ちゃんがそう言うと、隣で悦ちゃんが何度も頷いた。

ファミレスを出たときには、もう外は真っ暗になっていた。

「最近、帰ってくるのが遅いって、うちの親うるさいんだ」

川沿いの道を走りながら、悦ちゃんが言う。亜紀ちゃんが「うちも！」と大きな声で同意した。

「夕ご飯には間に合ってるんだから、いいじゃんね？」

「だよねー」

そんな会話をしている間に、二人と別れる橋の袂に着いた。

「じゃあね、奈央」

「また明日」

二人が自転車のハンドルを南側に向けて言う。あれ？　プリクラ撮りにいくんじゃないの？　と一瞬思ったけれど、言わずにおいた。もう遅いし、今度また誘えばいい。

「じゃあね」

ハンドルを北側に向けて、私は二人に手を振った。

五時間目の授業が終わって、帰りのホームルームが始まるのを待っているときだった。廊下で亮介君と話していた悦ちゃんが、「ねぇねぇ」と興奮した様子で、教室に駆け込んできた。私は亜紀ちゃんと机でファッション誌を拡げていた。

「今度の日曜日、遊びにいかない？　亮介が中学のときの友達の男の子二人連れてくるから、こっちも三人で来てよって」

「やったじゃん！　いいよ、付き合ってあげる。亮介君の友達なら、きっと他の子もカッコいいよね」

亜紀ちゃんが興奮した声を出して、立ち上がった。二人は抱き合って喜んでいる。

「奈央もいいよね？」

悦ちゃんが、私の方を振り返る。

「ごめん。日曜日はピアノになっちゃったんだよね」

昨日のピアノ教室が、先生の風邪で中止になってしまって、代わりに日曜日と言われている。

「そうなの？　それって休めない？」

「うん、ごめん。発表会も近いし」

そう言えばタイミングがなくて、二人をまだ発表会に誘っていなかった。

「えー、悦子のためになんとかしてあげてよ」

「お願い、奈央」

二人が両手を合わせて私の顔を覗き込んでくる。困ってしまう。悦ちゃんが亮介君と近付けるのはいいことだと思うから、協力してあげたい気持ちはある。でもピアノを休んでまで、知らない男子と遊びになんて、別に行きたくない。

「こっちは二人じゃダメかなぁ？」

「ダメだよ。バランス悪いじゃん」

「それに、もう亮介に行くって言っちゃったもん」

二人は今度はふくれっ面《つら》をする。そんなの、勝手に悦ちゃんが返事しちゃったんでしょ。私、知らないよ。そんな言葉が喉《のど》まで出かかった。

「悦子がこんなに頼んでるんだから、それぐらいしてあげたっていいじゃん」

亜紀ちゃんが、ちょっと強めの口調で言った。「それぐらい」という言葉に少しカチンと来た。

言い返そうかと思って顔を上げたら、先に悦ちゃんが口を開いた。

「それに奈央だって、カッコいい男子と知り合えたらラッキーじゃん？」

それが当然と言わんばかりの押しつけがましい口調で、そう言われた。それで更にカチンと来た。

「別に。知らない男子となんて、遊びにいきたくないし」

気が付いたら、そんな言葉が口から出ていた。二人の顔が、一瞬で強張った。しまった。ちょっとキツイ口調になってしまったかもしれない。

「それに、それぐらいって言うけど、ピアノを他の日にしてもらおうと思ったら、他の生徒さんのスケジュールも関係してくるし、そんなに簡単じゃなくて……」

「感じわるーい。なんか、バカにされてるみたい」

フォローしようと思って、慌てて私が口にした言葉は、亜紀ちゃんのそんな声に途中でかき消された。今度は私の体が強張った。

三人の間に、しばらく沈黙が流れた。それを破ったのは、「ホームルーム始めるぞ」と、入ってきた先生の声だった。

教室のみんなが自分の席に移動を始める。「行こう」と、悦ちゃんが亜紀ちゃんに声をかけて、二人も動き出した。亜紀ちゃんが、ファッション誌を閉じたとき、なんだかやけに大きな、バサッという音がした。席が後ろの方の二人は、並んで私の席から離れていった。途中、悦ちゃんが亜紀ちゃんになにか耳打ちするのが見えた。

「明日の二限は物理に変更に……」

先生の伝える連絡事項は、右から左に流れていった。「感じわるーい」と言った亜紀ちゃんの声と、亜紀ちゃんに耳打ちする悦ちゃんの後ろ姿が、頭の中でグルグルとまわる。

「感じわるい」

「私たちのこと、バカにしてるよね」

思い出したくない言葉が、甦《よみがえ》ってきてしまって、頭をこっそり横に振った。さっきの亜紀ちゃんの言葉とよく似ているけれど、発したのは亜紀ちゃんじゃない。

小学校五年生のときのことだ。当時、私は同じクラスの女子たち三人と仲良くしていて、いつも四人で一緒に行動していた。

ある日、そのうちのリーダー格だった子が、誕生日プレゼントに親から買ってもらったと言って、電子手帳を学校に持ってきた。デザインや色など子供用で可愛くて、スケジュール管理だけじゃなく、ゲームや占いもできるというものだった。

「友達のデータ入れると、自分との相性占いもできるんだよ。面白いよ。みんなも買ってもらいなよ」

リーダー格の子の言葉に、私以外の二人は盛り上がった。家に帰ったら、自分も親にねだってみる、絶対買ってもらってみんなで遊ぼうね、そう言って私にも同意を求めてきた。

「私は、いいや」

でも私は、そう断わった。「どうして？」と友達の一人が聞いた。

その少し前の連休に、ねだりにねだった末にお母さんにディズニーランドに連れて行ってもらったばかりで、冗談っぽい口調とはいえ半ば本気で、「これでしばらく奈央に贅沢《ぜいたく》はさせないからね」と言われていた。

でも、そんなことを長々と説明するのも面倒くさくて、「だって別にそんなの、欲しいと思わないし」と言った。それも嘘ではなかった。昔から、そういう遊び道具にはあまり興味がなかった。けれど次の瞬間に空気が変わったことが、はっきりとわかった。

「感じわるい」

「欲しがってる私たちのこと、バカにしてんの？」

友達に口ぐちにそう言われた。自分の言い方が悪かったのは、今になったらよくわかる。元々私は「しっかりしてる」と言われる半面、口調がちょっとキツイというか、冷たく聞こえるときがあるというのは、お母さんからもときどき注意されていた。

次の日から、徹底的にその三人には無視された。無視されていたのは、今になって思えば一週間という短い期間だったのだけれど、当時の私には、果てしなく長い時間に感じられた。

ざわざわとする胸に手を当てて、自分を落ち着かせた。今日はこの後、図書当番がある。でもホームルームが終わったら、その前に急いで亜紀ちゃんと悦ちゃんのところに行って、さっきキツイ言い方をしてしまったことを謝ろう。

大丈夫。心の中で、何度もそう唱えた。もう小学生じゃないんだから。まさかこんなことで無視されるなんて、あるはずない。


ホームルームが終わると、二人は早速教室の後ろに集まって、話をしていた。私はそこに「亜紀ちゃん、悦ちゃん」と声をかけながら、急いで近寄った。二人が同時に私の方に顔を向ける。

「あの、ごめんね、さっき。嫌な言い方しちゃって……。今度の日曜日は付き合えないけど、今度そういうことがあるときは……」

「いいよ」

悦ちゃんが、私の言葉を遮《さえぎ》った。

「私も、二人の予定聞かずに勝手に返事しちゃったし。ごめんね」

私は顔を上げた。二人の顔を順番に窺った。怒ってはいなさそうだ。胸を撫《な》で下ろす。

「でも奈央、今度から予定どうこうじゃなくて、やりたくないことは、やりたくないってハッキリ言ってくれていいよ。そのほうが私たちも助かるし」

亜紀ちゃんがそう言って、同意を求めるように、悦ちゃんの顔を見た。悦ちゃんが頷く。二人とも呆《あき》れたような表情をしている。

「カラオケやゲーセン断わるのも、本当は行きたくないだけなんでしょ？　ルーズソックスとかポケベルも、誘っても全然乗ってこないもんね。本当は全部バカにしてるんじゃないの？　だったら、はっきり嫌だって言ってくれればいいよ。理由作ってまで断わられると、こっちだって気分悪いし」

悦ちゃんがそう言って、ふうっと息を吐いた。どういうことだろう。

「理由作ってまでって？」

近くで話をしていた男子グループが、私たちの会話を気にしているのが気配でわかった。

「よく、食事当番だからとか、夕食の買い物行かないと、とか言うじゃない、奈央」

「だって、それは本当だし」

「そんなにしょっちゅう、子供がご飯の準備しないといけないっておかしくない？　そんな家聞いたことないよ」

近くの男子グループだけじゃなく、教室の真ん中辺りにいた女子たちも、こちらを見ている。

「だって、うちのお母さん働いてるし」

小さな声で、私は言った。

「でも、お父さんは？　二人ともいつもそんなに帰り遅いの？」

二人が怪訝《けげん》な顔をする。なんだか変だ。話がずれている。どうしてこんな話になっているんだろう。

「お父さんは、いない。小学生のときに離婚したから」

どうでもいいや。急に、そんな投げやりな気持ちになった。だからその言葉は、かなり言い捨てるような口調になった。

二人が驚いた顔をした。亜紀ちゃんが悦ちゃんに目配せする。でも悦ちゃんは、戸惑った表情で固まっていた。

やがて二人は、ゆっくりと私の顔を見た。

私を見る二人の顔は怒ってはいない。さっきまでの呆れ顔とも違う。でも見たことのある顔だ。ああ、まただ。また私はこんな顔をして、見られるんだ。

「図書当番だから、行くね、私」

そう言って、私は早足で二人から離れた。自分の席に戻ってカバンを取って、教室の出口に向かう。教室のあちこちから、注目を浴《あ》びているのがわかった。いちいち確かめなくてもわかる。みんなきっと、二人と同じ顔をしているんだろう。

あのドラマの、ゆうちゃんとかいう役の女の子。あの子、まだ中学生なのに、どうしてあんなに演技が上手なの。どうしてあんなに上手に泣いたりなんかするの。

図書室までの廊下を、わざと足音を立てて歩いた。

無視が始まってから一週間後の、学級会でのことだった。女子の学級委員が、その日の議題を、「最近、田中《たなか》さんたちが、荒川さんのことを無視してることについて」と提案した。

「理由は知らないけど、そういうのよくないと思います」

学級委員の女子は、しっかりとした口調でそう言った。

「荒川さんの家は、去年お父さんとお母さんが離婚して、荒川さんは家でお母さんのお手伝いとか、沢山してるんです。可哀想なんです。それなのに、無視するとか絶対ダメだと思います」

学級会が終わったあと、無視していた三人が私のところに謝りにきた。「一緒に帰ろう」と言われて、その日から私は二度と、誰からも無視されることはなかった。無視どころか、それ以来、同じクラスの今まで喋ったことがなかった子たちまで、私に話しかけたり、放課後の遊びに誘ってくれるようになった。

でも全然嬉しくなんかなかった。みんな同じ顔して私を見ていたから。「可哀想」と、その顔は語っていた。


図書室のある廊下に差し掛かると、背中を丸めて立っている男子の姿が向こうの方に見えた。先輩だ。図書室の入口のカギを開けようと、体を少し縮ませている。

「おう、お疲れさま」

近付いていった私に気が付いて、先輩は顔をこちらに向けた。けれど、長い前髪の間から見えた目が、すぐに私を通り越して後ろに移動した。なんだろう。後ろを振り返ってみると、亜紀ちゃんと悦ちゃんが立っていた。

「あの、奈央……。ごめんね」

先輩の方を少し気にしながら、亜紀ちゃんが遠慮がちな声を出す。

「私たち、知らなかったから。辛いこと聞いちゃって、ごめんね。クラスの子たちにも、聞かれちゃったかも」

悦ちゃんが、俯《うつむ》きながら小さな声で言う。

溜め息を吐きたくなった。ああ、やっぱり。「辛いこと」だって——。

「勝手に決めないでよ」

私はゆっくりと口を開いた。

「辛くないし、可哀想でもないから、私」

お父さんとお母さんは、私が小さい頃、毎日のようにケンカばかりしていた。小さかったけれど、私はそれを見せられるのは、はっきりと「嫌だ」と思っていた。だから離婚したときは、正直ホッとした。もうケンカを見なくてもよくなったから。

お父さんは隣の県に引っ越したけれど、何ヵ月かに一回は、私に今でも会いにきてくれる。お母さんが一緒のときもあるけれど、二人は一緒に住んでいたときの険悪さが嘘みたいに、仲良く話をしている。だから私は、今でも二人は離婚してよかったと思っている。

お母さんの給料がいいから、母子家庭になってからもお金で苦労したこともない。家の手伝いをするのも、離婚前から共働きだったから当然のことだと思っていた。嫌だと思ったことなんてない。

「だから私は辛くもないし、可哀想でもないの！」

一気に説明をしてまくし立てた私の顔を、亜紀ちゃんと悦ちゃんは、ずっと黙って見つめていた。

やがて悦ちゃんが亜紀ちゃんの袖を引っ張ると、「ごめん」と二人は同時に小さな声で呟いた。そして、どちらからともなく踵《きびす》を返して私に背中を見せて、ゆっくりと廊下を歩いて去っていった。

「ごめんなさい。騒いじゃって」

先輩の方を振り返って、私は言った。

「あ、ああ、うん」

先輩がどもりながら、頷いた。さすがに驚かせてしまったらしい。途端に恥ずかしさが襲ってきた。

先輩が図書室の入口の扉を開ける。バツの悪い気持ちのまま、私は無言で先輩に続いて図書室に入った。いつもと同じように、先輩は「貸し出し口」に、私は「返却口」に座る。

しばらく無言の時間が続いた。いや、もしかしたらそんなに長い時間じゃなかったかもしれない。先輩とここにいる間、会話がないなんてめずらしいことじゃない。話すときは話すけれど、黙ったまま長い時間が過ぎることだってよくある。でも、それが先輩のかもし出す妙な雰囲気のせいか、いつもは気まずくない。――いつもは。今日は、とてつもなく気まずかった。

「気持ちは、すごくわかるけど」

なにか話題を探そうと、必死に頭を働かせ始めたときだった。先輩がおもむろに、そんなことを呟いた。

顔だけを動かして、先輩の方を見た。先輩も同じように、顔だけ私の方に向けた。

「自分は辛いと思ってないのに、勝手にそう思われたり、可哀想って思われるのは嫌だっていう荒川さんの気持ち、すごくよくわかるよ。でもさ、あの子たちも悪気はなかったんじゃない？」

話しながら先輩は、顔だけじゃなく上半身ごとこちらに向けた。

「さっきの話しぶりだと、言ってなかったんじゃないの？　両親の離婚のこと。荒川さんにとっては、わざわざ言うほどのことじゃなかったかもしれないけど、知らない人からしたら、言わなかったってことは、やっぱり辛いことなのかなって思ったかもよ？」

前髪の隙間《すきま》から見えた先輩の目と、目が合った。今日の目はまん丸でも細くもない。やわらかく私を見ていた。なんと返事していいかわからなくて、私はずっと黙っていた。

「だから、あの子たちからしたら、やさしさで、ああいう風に言ったんじゃないかなぁ。ごめんとか、辛いこと聞いちゃって、とか」

やさしさ——。心の中で、呟いてみた。

亜紀ちゃんとは高校の入学説明会で知り合った。親子で出席する説明会だったけれど、亜紀ちゃんは私の隣の席に一人で座っていた。私もお母さんが仕事を休めなくて一人で来ていたので、この子もうちと同じような状況なのかな、なんて考えていた。

けれど亜紀ちゃんは、しきりに時計を気にしたり、講堂の入口に何度も目をやったりして、説明会が始まっても心ここにあらずで、とにかく落ち着かなかった。きっと、来るはずのお母さんが来ないいんだな。私はそう理解した。

そのうちに彼女は、隣で肩を落として俯いてしまった。配られた資料に沿って説明会はどんどん進んでいたけれど、彼女がまったく聞いていないのは明らかだった。

「長いよね。あと、どれぐらい続くんだろうね」

迷ったけれど、思い切って小声でそう話しかけてみた。彼女は肩をびくつかせて、驚いて私の顔を見た。その目には、少しだけ涙が滲《にじ》んでいた。

「眠くなってきたけど、私一人で来てるから、ちゃんとメモ取らないと後でわかんなくなっちゃうよね。頑張って起きてなきゃ」

涙には気が付かなかったふりをして、人懐っこい性格のふりをして、私はそう言って笑ってみた。

「うん、そうだよね、うちも」

亜紀ちゃんはそれで気を取り直してくれたようで、にっこりすると慌てて筆記用具をカバンから取り出した。

亜紀ちゃんのお母さんが到着したのは、それから十分ぐらい後だっただろうか。

入学してから、亜紀ちゃんと同じクラスで再会した。

初めて午後まで授業があった日。昼休みになって、クラスメイトたちは皆それぞれ、同じ中学出身の友達とグループを作ってお弁当を食べ出した。

同じ中学出身の子がクラスに一人もいなかった私は、一人で戸惑っていた。近くの席の子たちとは少しぐらい会話をできるようにはなっていたけれど、どの子ももう、グループを作って食べ始めてしまっていた。

「ねぇねぇ、一緒に食べない？」

そこに亜紀ちゃんが、そう声をかけてくれた。隣には悦ちゃんがいた。亜紀ちゃんは私に悦ちゃんを、「この子、同じ中学だった悦子」と紹介し、悦ちゃんに私を「説明会のとき、隣だったんだ。奈央ちゃんだよね？」と紹介した。

なにも言わなかったけれど、一人ぼっちの私に気が付いてくれたんだということは、すぐにわかった。それは説明会のときに私が彼女に気付いたことを、彼女が感謝してくれているという証拠でもあったので、私は本当に嬉しかった。

悦ちゃんはお弁当を食べながら、「南中出身なの？　青木《あおき》君って知らない？　私、塾が一緒だったんだけど」などと、共通の話題を一生懸命振ってくれた。それは不安な私の気持ちをほぐすには十分な「やさしさ」だった。


「あの」と言いながら立ち上がった私に、先輩が「ごめん」と慌てた声を出した。

「余計なお世話だった？」

「いえ、そうじゃなくて」

先輩は一瞬不思議そうな顔をしたあと、「ああ」と、ゆっくり呟いた。

「いいよ、行ってきなよ。どうせお客さん滅多に来ないしね」

勢いよく先輩に頭を下げて、私は図書室を飛び出した。廊下を走る。

こっちこそ、ごめん。カラオケもゲーセンも、行きたくなかったわけじゃないよ。ポケベルは面倒くさがりだから持たないだけで、ルーズソックスは好みじゃないだけで、別にバカになんてしてないよ。だってプリクラは面白そうだから、実は早く撮りにいこうよって思ってるし。親の離婚のこととか、黙っててごめん。隠してたわけじゃないんだけど、わざわざ言うのもおかしいと思って——。

二人を掴《つか》まえたら言うべきことを、走りながら頭の中で練習した。

下駄箱の前で二人を見つけた。「あの」と、声をかけたら、二人は同時に振り返った。体に緊張が走る。さっきまで練習していた言葉が、全部飛んでいってしまった。

「あの、えーと」

気まずそうに私の顔を見ている二人を見ながら、一生懸命、頭を働かせた。

「今度、ピアノの発表会があるんだけど」

なぜか最初に口から出てきたのは、そんな言葉だった。

二人が「えっ」と驚いた顔をする。私も自分でびっくりした。


図書室の扉を開けると、本を読んでいた先輩が、顔だけこちらに向けて「お帰り」と言った。

「ありがとうございました」

一音一音に力を入れて、私は言った。先輩は「うん」と、小さく返事した。

どうなった？　と聞かれるかと思ったのに、先輩はそれ以降なにも言わず、そのまま顔を本に戻してしまった。でも助けてもらったんだから、こちらから説明しないといけない。

とりあえず「返却口」に座って、また私は頭を必死に働かせて、言葉を探した。

カウンターに置いた手の指先に、微かな振動を感じた。先輩の方に顔を向ける。先輩の右手の指先が、机を小さく叩いていた。

「今度、ピアノの発表会があるんですけど」

さっき二人に向けたのと同じ言葉を、私は先輩の斜め四十五度の背中に向かって、言った。

動いていた先輩の右手の指が止まった。紺色のブレザーに包まれた丸まった背中が、ゆっくりと振り返る。この人は本当に猫背だ。

Scene2

雨にも風にも

ヨーグルトが無性に食べたい。ブルーベリーの果肉が入っているやつがいい。中学生の頃から、朝食のときにヨーグルトを食べるのが習慣だった。でもここ最近は朝食を食べないから、というか朝起きないから、しばらくヨーグルト自体を食べていない。一番近いコンビニまでは、歩いて五分だ。出かけてみようかどうしようか。

カーテンをほんの少しだけ開けて、外の様子をうかがってみた。雨は降っていない。パソコン画面の右下に出ている時計によると、五分前に日付が変わったところらしい。東京といっても、この辺りは下町の住宅街だから夜が早い。古びた街灯が一生懸命に照らしている、窓から見える範囲の「外の世界」は静まり返っていて、暗い一枚の絵のようだった。

部屋の隅に積み上げている服の小山からジーンズとトレーナーを、引っ張り出した。着替え終わってから、ふと考えた。アパートの前の通りにある自販機にジュースを買いに行ったのが、一番最後の外出である。あれは四日前、いや五日前だっけ。あのときも確かこの格好《かっこう》で出かけたけれど、少し寒かった気がする。十一月の、確か今日はまだ上旬に入る日付だ。曜日は思い出せない。これぐらいの時期は、一体どういう格好で出かければいいんだったか。

トレーナーを脱いで、長袖のシャツの上にフード付きパーカーという格好に着替え直した。寒かったらフードを被《かぶ》ればいいし、顔も隠せるからこのほうがいい。最初からそのことに気が付かなかった自分が腹立たしい。

玄関のドアを開ける。寒いというほどではないが、ひんやりとした空気が僕の体を包んだ。さっき窓から見たのはアパートの裏通りだったが、前の通りも人通りはなく、やっぱり静まり返っている。ふうっと大きく息を吐いてから、踵《かかと》を踏んだまま履《は》いていたスニーカーを、僕はゆっくりと履き直した。


ブルーベリーヨーグルトはなかったので、桃ヨーグルトに変更することにした。レジで財布の中身を見て焦《あせ》った。ヨーグルトは百五十八円なのだが、小銭が百二十一円しかない。千円札もなかった。

「す、すみません。大きくてもいいですか」

「あ、いいっすよ」

僕と同じぐらいの年齢だと思うレジの男が、こちらを見もせずに無愛想に言い、五千円札を受け取る。客である僕が「すみません」まで言ったのに、その態度は一体どうなのだ。

腹が立ったので、無造作に商品を受け取り早足で出口に向かった。女子高生二人組が、駐車場から店に向かって歩いてくるのが見えた。金に近い色に髪を染めて、ルーズソックスを履いている。こんな時間に出歩いているぐらいだし、遊んでいるコギャルだろう。僕の一番苦手なタイプだ。高校時代、この手のタイプの女子からは「千葉《ちば》って、暗いしキモイよね」といつも陰口を叩かれていた。

自動ドアのところで女子高生二人組とすれ違う状態になったので、ドアが開いた瞬間に、僕は少し体を横に除《よ》けてやった。それなのに女子高生たちは、お礼の言葉も仕種もなく、それどころか僕のことなんてまったく気にする風もなく、「明日の体育、マラソンだって」「マジで? 超うぜぇ」などと大きな声で喋りながら、大股で店の中に入っていった。

溜め息を吐きそうになった。これだから外出は嫌なのだ。

家に戻って部屋着に着替えてから、はたと気付いた。せっかく買い物に行ったのに、どうして明日食べるものも適当に買ってこなかったんだろう。そして、どうして帰ってきてしまってからしか、自分はそのことに気が付けないのか。せめて帰り道の途中で気が付いていれば、戻ることもできたのに。もう一度出かけるなんて、絶対にごめんだ。

今度こそ本当に溜め息を吐いたとき、視界の端に段ボール箱が映った。数日前に実家から届いたものだ。レトルト食品や缶詰が入っている。しばらくそれで食べるものはしのげるか。苛立《いらだ》っていた気持ちが、少しだけ静まった。

パソコンでインターネットを繋《つな》いで、最近よく見ているサイトの掲示板を表示させた。

少し前にワイドショーの特集で、人間関係のストレスや多忙から、小中学生だけじゃなくて、高校生大学生の不登校や、社会人の出社拒否が増えている。学校や会社のみならず、社会とのつながりそのものを嫌って、家から出なくなってしまう人もいる。そんな問題を扱っていた。

身を乗り出して見かけたが、

「そんなのは甘えですよ。逃げているだけだね」

「我々の時代なんて毎日生きて行くのに必死だったからね。家に閉じこもるなんて、したくてもできなかったんだから」

コメンテーターのおっさんたちが、顔をしかめてそんなことを言っているのを聞いて、すぐに消した。そのあとパソコンの検索サイトで、「不登校」や「出社拒否」などのキーワードを打ち込んだら、たどり着いたのがこのサイトだ。

桃ヨーグルトを食べながら、掲示板を読む。

『今日こそ大学に行こうと思ったけど、やっぱり無理でした。単位いっぱい落としてるし、もう四年で卒業は絶対無理』

『大学なら、まだいいよ。自分は三十五歳。もう二ヵ月も会社行ってないし、家から一歩も出てない。有休ももうすぐ無くなるし、クビも近いと思う』

『二ヵ月で偉そうなこと言うな。俺なんて五年も外出してない。当然無職』

『五年も社会から脱落してることを、なんで自慢すんの？　お前バカ？　死ねば？笑』

『頑張って勇気出して半年ぶりに学校行ったのに、みんなに来たの？　って顔で見られた。これでまた行けなくなる。もう死にたい』

『ノストラダムスの予言、なんで当たってくれなかったのかな。今年の七月で世界は滅亡するんじゃなかったのかよ。みんなで死ぬなら怖くなかったのに』

『自分も昔登校拒否児でしたが、今は立ち直って、会社員してます。皆さん、絶対立ち直れますよ！　諦めちゃダメです』

『外の世界は理不尽なことや嫌なこといっぱいだから、怖くて出られない。でもこういうこと言うと、お前だけじゃなくてみんなそうだとか、もっと辛い思いしてる人だっているとか必ず言われる。誰も自分のことをわかってくれない』

世の中に溢《あふ》れる「理不尽なこと」や「嫌なこと」にぶち当たって、外に出られなくなってしまっているのは僕だけじゃない。ここの書き込みを読んでいると、それがわかって慰《なぐさ》められる。でも自分で書き込むことはしない。ときどきだけれど、無責任に「立ち直れるよ」というものや、コメンテーターたちのように「逃げるな」というものや、一番酷《ひど》いものだと「バカ」だの「死ね」だの「社会のゴミ」だのいう乱暴な書き込みもあるので、そういったものが自分に向けられるのは面倒だし、嫌だ。

『夜はまだ長いよ。みんなこれから何するの？　ずっとパソコンに張り付いてるの？』

『いつの間にか、完全な夜型生活。生活っていっても部屋から出ない生活だけど。しばらく太陽見てねーや』

桃ヨーグルトの最後の一口を飲みこんだ。僕もしばらく太陽を見ていない。天気が悪い日はそうでもないのだが、晴れている日に家に籠《こ》もっていると、自分に対しての虚《むな》しさや、罪悪感もわいてくる。昼夜逆転生活になってしまったのは、大学に行かなくなって一週間もしないうちだった。

僕はこの春、東京の私大に入学するために実家を出て一人暮らしを始めた。第一希望だった大学ではない。高二のときの保護面談で、このまま頑張れば全国トップレベルの私大も夢じゃないと担任に言われて、そこを第一希望にしていた。僕よりもエリート志向で学歴重視の母親のほうが張り切っていた感はあったけれど、僕だってちゃんと「このまま」どころか、それまで以上にその大学に入るために頑張った。けれど、二年続けて受からなかった。

二年目のときに、「第二希望として受けていた私大に入ったらどうだ、あそこだって十分名門なんだし」と父親に言われたときは、正直ホッとした。もう一年浪人する気力は残っていなかったし、年子の弟の亮介が現役で地元の大学に入ることを決めていたので、同じ大学じゃないとはいえ、弟より学年が下になるのは避けたかった。でも、この私大なら去年も受かっていたのに、この一年は一体なんだったんだという虚しさもあった。

そんな複雑な心境だった僕とは違って、母親はあからさまにただただ落ち込んでいて、段々と僕は家の中で母親と顔を合わせるのが億劫《おっくう》になっていった。

僕以外の家族が、リビングで話をしているのを偶然聞いてしまったのは、実家を出る数日前だった。

「どうして亮介、あの大学受けてくれなかったのよ。あんただってギリギリ合格圏内の判定、模試で出てたじゃない。あんただけでも受かったかもしれないのに」

母親が亮介に向かって、ヒステリックな声を出していた。

「兄ちゃんが二回とも受からなかった大学、俺が受かるわけねーじゃん。それに俺は悦子と一緒の大学じゃないと嫌だったの」

亮介が、面倒くさそうに返事をした。

「彼女と進学とどっちが大事なのよ。洋介《ようすけ》よりあんたのほうが昔から本番に強いし、受かったかもしれないわよ。ね、お父さん」

「もう止めないか。終わったことを言っても仕方ないだろう」

そこで父親が席を立ったので、廊下に立っていた僕は忍び足で、慌てて自分の部屋に戻った。心臓がどくどくと打っていた。

納得のいかないことが、沢山あった。茶髪の長髪で、高校時代、サッカーと女の子と遊ぶことしか頭になかった亮介が、ギリギリとはいえ僕の受からなかった大学の合格圏内の成績を取っていたこと。母親からの無言の圧力で僕は一浪せざるを得なかったのに、亮介は受験することさえあっさりと断わっていたこと。しかも彼女と一緒の大学がいいからという理由で。母親は、僕でも亮介でも受かればどちらでもよかったのか、あの大学に通っている息子がいるという状況が欲しかっただけなのかということ。

様々な疑問や考えが頭に浮かんできたけれど、頑張って思考回路を停止させた。数日後にはこの家を出るんだし、もういいじゃないかと自分に言い聞かせた。一年遠回りはしたけれど、終わったことは忘れて、大学生活を楽しもう。必死でそう思うことにした。

大学に入学してすぐのオリエンテーションで、席が隣だった田辺《たなべ》というやつと仲よくなった。田辺には同じ高校出身の友達がクラスに二人いて、田辺とその二人と僕の四人でなんとなく一緒にいることが多くなった。僕以外の三人は、全員現役で入学していた。わざわざ言うのもなんだけど、隠すのもどうかと思ったので、あるとき僕は会話の中で、自分は一浪して入ったのだということをさりげなく話してみた。そうしたら田辺が、こう言った。

「マジで？　じゃあ今日から敬語使わせてもらったほうがいいっすか、先輩。もしかして今まで軽くムカついてました？」

冗談だということはもちろんわかった。でも流せなかった。田辺はいつも半笑いしながら喋るので、少しバカにされているような気分になると、前からときどき思っていた。一応「いや、タメ口でいいに決まってるじゃん」と笑って返したけれど、感じよく笑えていたかどうかは自信がない。

入学して一ヵ月経ったぐらいから、田辺も他の二人も、よく授業をサボるようになった。出席を取らない授業は当然のように来なくなって、出席を取る授業では僕に代返を頼むようになった。段々と僕は、大学内で一人でいることが多くなった。

入学してすぐ、僕はアパートから大学までの中間地点にある、大手の運送会社の配送センターでバイトを始めた。荷物と伝票のチェックをする仕事だ。同年代のフリーターや大学生のバイトが何人かいたけれど、それほど仲良くはなれなかった。個人作業なうえにミスが絶対許されないから、仕事中は私語は厳禁だったのだ。本当はもっと、バイト仲間と交流できるような仕事、例えば居酒屋やファミレスのホール係なんかに憧《あこが》れていたのだけれど、全て面接で落ちていた。

六月の半ばぐらいだっただろうか。必須科目の授業で小テストがあった。受けないと単位に響くとのことだったので、迷ったけれど最近ずっとその授業に来ていなかった田辺にも教えてやった。田辺から他の二人にも伝わったようで、三人とも受けにきた。

テストが終わったあとの昼休みに、四人で大学の近くにある洋食屋に昼飯《ひるめし》を食べにいった。コンビニ弁当やファーストフードに飽きたとき用に、新しい店を開拓しようと、前にも一度来ていた店だった。一番安いランチでも千円するので、しょっちゅうは来られないけれど、味はおいしいから財布に余裕があるときにまた来よう、そう思っていた店で、僕が案内した。

「うまいじゃん」

「いい店知ってるじゃん」

三人が口々にそう言ってくれたので、僕はホッとした。

「これ、違ってるよ」

僕たちが食べ終わる頃だった。隣のテーブル席から、男の人の苛立った声が聞こえた。

「僕が頼んだのはAランチ。カニクリームコロッケが載ってるのは、Aランチだよね？」

そっと見てみると、スーツを着た三十代ぐらいのサラリーマン三人組のうちの一人が、料理を運んできたウェイトレスの女の子に、頼んだものと違うと詰め寄っていた。

「いえ、あの、Bランチでおうかがいしてます。でも、少しお時間いただけるなら作り直しますけれど……」

遠慮がちにそう言っていたのは、初めて来たときも二回目のその日も、僕を接客してくれたウェイトレスの女の子だった。多分僕と同じぐらいの年で、ちょっとつりあがった大きな目の、猫みたいな顔をした子だった。テキパキと喋って動いて、仕事ができる印象だった。やっぱりこういう子じゃなければ接客業は務まらないのかと、彼女を見て自分との違いに少し落ち込んだりもしていた。けれど、そのときはそんな状況なので、さすがの彼女も歯切れ悪くなっていた。

「作ってしまったんだから、もうそれでいい。でも僕が頼んだのはAランチだ。カニクリームコロッケの載っている方だ。君が間違えたんだから、それは認めなさい。謝りなさい」

さっきより更に大きい声で、サラリーマンは言った。僕の友達の一人が、思わず声を漏らして笑った。僕と他の二人もそれにつられて、ばれないように小さな声で笑った。大の男が、「カニクリームコロッケ」と怒った声で繰り返しているのは間抜けな図だ。注文をするときも、そうだった。アジフライの載っているBランチとどっちにするかを迷っていたのか、

「アジフライか、カニクリームコロッケか……」

「やっぱり、カニクリームコロッケかな」

「お前は？　カニクリームコロッケの方にするの？　俺はどっちにしようかなぁ」

と、何度も「カニクリームコロッケ」と低い声で言うので、隣で聞いていた僕らはそのときも顔を見合わせて笑っていたのだ。

それで思い出した。隣の男の人が、「俺はカニクリームコロッケの方にする」と言ったあと、問題の男の人は、「じゃあ俺はアジフライにしておこうかな」と言ったはずだ。ウエイトレスの彼女じゃなくて、間違えているのはあの人の方だ。待っている間にこんがらがってしまったのだろう。

「ねえ、あの人、アジフライの方注文してたよね？　覚えてない？」

声を潜《ひそ》めて、僕は隣の田辺に聞いてみた。

「えー、覚えてねえよ。カニクリームコロッケってバカみたいに連発してたのは覚えてるけど」

田辺の言葉に、僕以外の二人は、また笑いを堪えた。

「えーと、あの……」

困っているウェイトレスの女の子に、男の人は更に声を荒らげた。

「君はなんだ？　自分の間違いを認めることもできないのか？　最近の若いやつはみんなそうか？　まったく、どうしようもないな！　どうしようもないな！」

のところで、かなりの大声で怒鳴った。僕は驚いて、大きく肩を震《ふる》わせてしまった。店内は水を打ったように静かになった。おそるおそる隣のテーブルを覗《のぞ》くと、ウェイトレスの女の子はアジフライの載ったお皿を持ったまま立ちすくんでいた。彼女と距離の近かった僕は、その肩が小刻みに震えていることに気が付いた。こんな至近距離でいきなり怒鳴られたら、無理もない。僕だって驚いた。

「……彼女は間違えてないですよって、言ってあげたほうがいいかなぁ」

声を潜めて、隣の田辺に言ってみた。誰かがそう言えば連れの人たちも思い出して、

「そうだよ、お前アジフライ頼んでたぞ」とか言ってくれるかもしれない。

「へぇっ？ なに言ってんの？ やめとけよ、面倒くさい。俺ら関係ねーじゃん」

田辺が小声でそう返事をしてきた。小声ではあったが、いつもの半笑いの口調だった。

こいつじゃ当てにならない。

「あの……」

心臓の鼓動《こどう》が信じられないぐらい速さで打っていたが、僕は頑張って立ち上がった。

「なんだ？」

男の人が、僕を見て怪訝《けげん》そうな顔をした。それで一瞬、くじけそうになった。男の前に立っている彼女の方にちらっと目をやってみた。彼女の肩はまだ震えていた。僕はそっと、テーブルの陰の右手で拳を握った。

「あ、あの……、注文とるとき聞こえてたんですけど。Bランチを注文されてましたよ」

「はぁ？ なんだ君は？ 君には関係ないだろう！」

大声に押されるように今立ち上がったばかりの椅子に、僕はぺたっと崩《くず》れ落ちてしまった。田辺たちだけでなく、店内の他の客からも視線を感じた。彼女も僕を見ているだろうか。気になったけれど、怖くて彼女の方を見ることはもうできなかった。

「ほら、放っておけってば」

田辺が呆れた声で、僕にそう耳打ちをした。コック服を着た店長らしき人が走ってきて、「お客さま、すぐに作り直しますので」と男の人をなだめた。店長はウェイトレスの女の子に一旦下がるように言い、それから僕の方を見て、「すみません」というように、軽く頭を下げてみせた。

ウェイトレスの女の子が、パントリー内に下がっていく途中で、僕の方に顔を向けた気がした。店長と同じように、僕に頭を下げてくれた気がした。だから僕も、そっと彼女の方に視線を向けた。けれど彼女はもう、僕の方を見ていなかった。いや、方角的には僕の方を向いていたのだけれど、その目は空を見ていた。口を真一文字にして、大きな目は少し潤《うる》んでいるように見えた。そしてその潤んだ目で、彼女はどこか遠くを見据《みす》えていた。

「お前も少し落ち着けよ。取り引きチャラになって、苛立ってるのはわかるけどさ」

サラリーマンの一人が怒鳴った男にそう耳打ちするのが聞こえたのは、彼女がパントリー内に完全に姿を消したのと同時だった。その言葉を聞いた直後、僕は自分の手が震えていることに気が付いた。心臓の鼓動は、さっきよりも更に速く打っていた。怒りのせいなのか、怒鳴られた恐怖のせいなのかは、わからなかった。両方だったかもしれない。

「なんか嫌な感じだよな。もう帰ろうぜ」

田辺がそう言って、立ち上がった。友達二人がそれに続いた。僕も急いで立ち上がった。

レジで会計をするときも、財布を持つ僕の手はやっぱり震えていた。

ねぇ、さっきの聞いた？　あの人、仕事のことで元々苛立ってたんだよ。八つ当たりだよ、あんなの。最低だよな。

店を出てすぐ、田辺たちに向かってそう言おうと思った。けれど僕は喉も震えてしまっていたらしく、「ねぇ」と最初に発した声が、思い切り裏返ってしまった。

「なんだよ」

田辺が僕のその声を聞いて、やっぱり半笑いしながらの口調で言った。

「なに震えてるんだよ、洋介。びびっちゃったか？　情けねーなぁ」

友達二人も田辺につられたのか、笑った。自分の顔が赤くなっていくのがわかった。

その後、家に帰るまでの道のりで、田辺たちとどんな会話をしたのかは覚えていない。

ふざけるな。

僕の頭の中では、その言葉だけが延々と繰り返されていた。どうして僕が怒鳴られなきゃいけなかったんだ。どうして僕が笑われなきゃいけないんだ。ふざけるな。

次の日僕は、初めて大学をサボった。バイトは夕方から入っていたけれど、体調が悪いから休ませてくれと電話をした。

「もしかしてインフルエンザ？　今、流行ってるだろ」

電話の向こうでセンター長が、勢い込んでそう聞いてきた。「いえ、違います」と言いかけたが、先にまたセンター長が口を開いた。

「困るんだよなぁ、しっかり体調管理してくれないと。隣の支店じゃ、一人やられたら、あっという間に蔓延《まんえん》したらしくてさ。悪いけどインフルエンザなら、しばらく来ないでくれる？　医者にちゃんと治ったって言われたらまた連絡ちょうだい」

違うと説明する間もなく、電話は切られた。前からせっかちな人だと思ってはいた。

「おい、ここミスしてるよ」と僕の担当じゃない伝票を持ってきて、「違う」という隙も与えてくれず、散々怒られたこともある。

「ふざけるな」

受話器を叩きつけながら、僕は今度は頭の中だけでじゃなく、声に出してそう叫んだ。

あのサラリーマンも田辺たちもセンター長も、母親も亮介も。お前らみんな、ふざけるな。

あの日から、大体五ヵ月ぐらい経っただろうか。あれ以来、大学にもバイトにも一度も行っていない。外出さえ滅多にしない。一ヵ月ぐらい経った頃にアルバイト先の番号から着信があったが、無視した。知らない番号からも、何度か電話がかかってきた。田辺からかもしれないと思ったが、それも無視した。実家からの電話のみ三回に一回ぐらい出て、適当に話を合わせて切るようにしている。

目が覚めたら、とりあえずテレビとパソコンのスイッチを点《つ》ける。今日は外の天気があまりよくないのか、カーテンを閉め切っているとはいえ、昼過ぎなのに部屋の中が暗い。テレビの画面と、段々と立ち上がるパソコンが、そこに少しずつ光を与えていく。

テレビには、学校のグラウンドのような場所が映っていた。ショートカットの女の子が、トラックのスタート地点で、構えの姿勢を取っている。女の子の顔のアップに切り替わった。挑《いど》むような鋭い目線を、テレビ越しに女の子が送ってくる。見たことのある子だ。誰だっけ？

ピストルの音がして、女の子が走り出した。画面は俯瞰《ふかん》に切り替わった。トラックを走り抜けた女の子にコーチらしき男がペットボトルを差し出し、受け取った彼女は、笑顔でそれをごくごくと飲んだ。さっきの鋭い視線の表情からは、想像もつかないような可愛らしい笑顔だった。

スポーツドリンクのＣＭだったようだ。立ち上がったパソコンで検索サイトを開いて、その商品名を入力してみた。飲料会社のホームページがヒットした。「新ＣＭキャラクターは、あの、ゆうちゃんに決定！」というコピーが、トップ画面に躍《おど》っている。

ゆうちゃん。思い出した。僕が高二のときだから、三年前。「ゆうちゃん」という女子中学生が主役のドラマがかなり流行った。僕は観ていなかったが、クラスメイトたちがよく、ゆうちゃん、ゆうちゃんと口にしていた。今の子が、ゆうちゃん役だった子だ。ドラマは見ていなかったけれど、当時よくバラエティ番組などにも出演していたので、覚えている。

受験と浪人の間はテレビをほとんど観ていなかったので知らなかったが、まだ女優をやっていたのか。子役は子供じゃなくなったら、テレビから消えてしまうイメージがあるけれど。少し顔がきりっとした気がする。けれど、ゆうちゃんの頃の面影も残っている。

――新キャラクターに選ばれたときは、どう思いましたか？

『前からよく飲んでいた商品なので、CMに出られるって聞いて、嬉しかったです』

――今までのゆうちゃんとは違う表情も、今回は見せてますよね？

『そうですねー。反応がちょっと怖いですけど（笑）』

ホームページで、ゆうちゃんは、そんな風にインタビューに答えていた。

さっきCMが流れたばかりだからか、いつものサイトの掲示板でも、ゆうちゃんが話題になっていた。

『新しいＣＭ観た？　かわいいよね』

『でも、ちょっとあのアップのときの表情はキツくない？　怒ってるみたいで怖いよ』

『同意。やっぱり、ゆうちゃんにはやさしく笑ってて欲しい』

『ちょうど学校に行けなくなった頃、ゆうちゃんのドラマがやってたんだ。あれで辛いのは俺だけじゃないって思えて、すげぇ励《はげ》まされた』

『新しいＣＭの短パン、いいねー。太モモ見せてくれた。垂涎《すいぜん》もの』

『実は胸も結構でかいよね。走ってるとき、揺れてた。あんな子同じクラスにいたら、俺絶対襲ってる』

『ここはロリコンの巣窟《そうくつ》ですか？　キモイ』

『はあ？　おまえ幾つだよ。俺、ゆうちゃんと同い年だからロリコンじゃねーんだけど。おまえがジジイなだけだろーが』

『同い年ってことは十七？　ガキが。口のきき方知らねーのかよ』

流れが嫌な感じになってきたので、掲示板は閉じた。検索サイトに戻って、彼女の芸名をキーワードに打ち込んでみる。ゆうちゃんというのはドラマの役名がそのまま愛称になったもので、芸名は別にある。ファンが作っているサイトが見つかった。そこの掲示板を覗いてみる。

『CM、今までのイメージと違うけど、あれはあれでいいですよね』

『今日やるスペシャルドラマに出るんだって！　女子高生役だよ。楽しみ』

ドラマに出るらしい。何時からだろう。新聞をとっていないからわからない。

『今日ドラマやるの？　何時から？』

『夜九時からだよ』

誰かが僕がしたかった質問を書きこんでくれて、また誰かがそれに答えてくれた。

今晩の暇つぶしが見つかった。画面の右下の時計を確認する。十六時半を過ぎたところだった。あと四時間半か。それまではなにをして過ごそうか。

その日のドラマでのゆうちゃんは、喜怒哀楽の激しい元気な女子高生役だった。隣のクラスの男の子に告白されてはしゃいで、担任の先生とケンカして怒って、失恋した親友の話を聞きながら一緒に泣いてと、くるくる表情を変えて見せた。

『さすが上手かったですね。ゆうちゃんとはまた違ったキャラクターだったけど』

『色んな役ができていいですよ。いい女優さんになると思います』

『ホント何やっても、サイコー』

ドラマが終わったあと、またゆうちゃんのファンサイトの掲示板を覗いてみたら、好意的な感想が飛び交っていた。

いつものサイトの掲示板でも、やっぱり話題になっていた。でもそっちでは、あまり評判はよくないようだった。僕は結構楽しめたけれど。

『どうだった？　正直俺はイマイチ』

『先生とケンカするシーンでさ。キツイ目つきするところあったじゃん？　新しいＣＭのアップのときも思ったけど、あのゆうちゃんはあんまり好きじゃないな』

『わかる。ゆうちゃんにはいつも笑ってて欲しいよね。前のドラマみたいに』

『そうそう。傷付いてるのに、でも怒ったりせずに、いつもやさしく笑ってるあの感じがよかった。天使みたいだった』

『癒《いや》されたよね。俺にもいつかいいことあるのかもしれないって、あのドラマ見たらちょっと希望が持てたよ。いまだに全然ないんだけどね。相変わらず、世の中は嫌なことばっかり』

『ビデオ借りに行こうかな。天使のゆうちゃんをもう一回観たい』

そんなにいいドラマだったなら、僕も観てみたいと思った。カーテンを開けて、外の様子をうかがってみる。いつの間にか雨が降り出していたようだ。ビデオを借りに出かけようかと思ったけれど、明日にするか。

次の日、いつものように昼過ぎに目を覚まして、またカーテンから外を覗いてみた。雨は止んでいたが、雨上がりだからか風が強くて、唸《うな》る音が部屋の中まで聞こえてきた。出かけるのは、もう少し天気が落ち着いてからにしよう。

いつも通りインターネットやテレビを眺めて時間を潰《つぶ》し、風が止んだのでやっと外に出たときには、もうすっかり夜になっていた。

ゆうちゃんのドラマは全十二話で、三話ずつの四巻セットになっていた。何本借りるか、棚の前で長い時間迷った。四巻一気に借りたって一週間以内に余裕で見終わるけれど、店員にロリコンの痛いファンだと思われてしまうかもしれない。でも、何度かに分けて借りるということは、何度も外出しなければいけないということで、それも億劫《おっくう》だ。

「ちょっとすみません」

後ろから男の人の声がして、同時に手が伸びてきた。ゆうちゃんのドラマの隣にあるビデオが取りたいらしかった。

「すいません」

慌てて体を横にずらした。二十代半ばぐらいの男は、ちらっと僕の方に目をやりはしたが、無言でビデオを抜いて去っていった。僕は「すいません」と言ったのだから、そっちも「どうも」ぐらい言ってくれてもいいのではないか。

やっぱり何度も借りにくるのが嫌で、結局ビデオは全巻借りた。カウンターの店員は若い女の子だった。愛想はあまりよくなかったが、その分借りたビデオにも僕にも無関心そうで、そこは助かった。「一週間でいいですか?」「はい」という会話だけだったけれど、女の子と喋ったのなんて、どれぐらいぶりだろう。コンビニの店員は男ばっかりだし、たまに行くスーパーのレジはおばちゃんばっかりだ。

ビデオ店からアパートまでの最短距離の道は、途中にバイトをしていた配送センターと、あの洋食屋の前を通ってしまう。店を出て、かなり遠回りになるけれど、反対方向に歩き出した。行きも、もちろんこちらから来た。

あの洋食屋のウェイトレスの女の子はどうしているだろうか。辞めてしまったかもしれない。あんなに怒鳴られたんだ。肩だって震えていたし、目も潤んでいたし。

思い出したら、手が少しだけだけれどまた震え出してしまった。慌ててなにか違うことを考えようと、頭を働かせる。

ポストに宅配便の不在票が届いていた。再配達の連絡と受け取りのときと、二回も骨を折らなければいけなくなってしまって、溜め息を吐く。

荷物は、実家から定期的に届く段ボールらしい。食べ物を送ってくれるのはありがたいが、毎回母親からの手紙が入っていて、「大学はどう?」「バイトはどう?」などと書かれているので、心苦しい。どちらにも行っていないことは、当然話していない。

　電話で「バイトやサークルが忙しくてさ」と嘘をついて、夏休みも実家に帰らなかった。母親には「勉強おろそかになってないの?」と心配された。父親には、「そうか。いいことだ。今しかやれないことは、とことんやったほうがいいぞ」と喜ばれた。母親の言葉は煩《わずら》わしく、父親の言葉には後ろめたくなってしまい、一泊二日ぐらいは帰ろうかと思っていたのに、結局それもしなかった。


　三年前に流行ったゆうちゃんのドラマは、三日かけて観た。

　ゆうちゃんは、可哀想な女の子だった。身勝手な両親の離婚。母親と引っ越した先の、新しい学校での理不尽なイジメ。辛い出来事が、次々と彼女にのしかかった。でもゆうちゃんは誰のことも怒ったり恨んだりせずに、ひたすら涙を堪えて、「いつかきっといいことがある」と、やさしい目をして笑っていた。

　ストーリー自体は特に面白いとは思わなかったが、ゆうちゃんのセリフ回しは本当に上手で感心させられた。そういう意味では、それなりに楽しめたドラマかもしれない。

　ただ僕は、泣くのを堪えながら笑うこのドラマのゆうちゃんより、この間の女子高生役のときや、スポーツドリンクのCMで見せる走り終わったあとに大きな口を開けて嬉しそうに笑うゆうちゃんの表情のほうが好みだと思った。

ビデオを観終わった日から、三日後だった。夕方、適当にテレビのチャンネルをパチパチ替えていたら、一つの局でゆうちゃんの姿を見かけた。チャンネルをそこで固定する。ゆうちゃんはマイクを向けられて、インタビューに答えていた。ゆうちゃんとアナウンサーの前には、沢山の観客がいる。

——書店でのイベントは初めてですよね？

『はい。でも本が好きなので、普段からよく来るんです。だから嬉しいです』

——そうなんですか？　好きな作家さんとかいるんですか？

『えーと、中学校のときに国語で、「銀河鉄道の夜」を読んで、すごく面白かったので、そのあと宮沢賢治《みやざわけんじ》の本は全部買って読んだりしました』

書店でのトークショーの模様らしい。中継だろうか。この時間、この局はニュース番組を流しているはずなのに。

『「雨にも負けず、風にも負けず」っていい言葉ですよね。すごく好きなんです。あ、でも……』

そこで、「きゃあっ」という女の人の悲鳴がして、ゆうちゃんの声がかき消された。そのあと、男の怒鳴り声がした。画面の左下辺りに、茶色っぽい服を着た男の後ろ姿が映った。男は怒鳴りながら他の客の椅子をなぎ倒して、ゆうちゃんに向かっていく。ゆうちゃんはマイクを持ったまま、目を丸くして呆然と立ちすくんでしまっていた。

悲鳴や、「やめろ!」という声や、男の怒鳴り声が混じって、テレビからの音は割れまくっていた。画面も酷《ひど》く揺れている。男がゆうちゃんに向かって腕を伸ばした瞬間、制服を着た警備員がタッチの差で、その腕をつかんだ。背広姿の男の人や他の警備員も加勢して、暴れる男を取り押さえていた。その向こうにゆうちゃんの足が少しだけ見えたが、顔は隠れてしまっていた。

『ご覧頂いたのは先ほど新宿の書店で起こった騒動の模様です。被害に合ったのは……』

画面はニュース番組のスタジオに切り替わった。アナウンサーが原稿を読む。中継ではなかったらしい。ゆうちゃんの写真集の発売記念で行われたトークショーで起こった事件のニュースらしかった。

『男は傷害の現行犯で逮捕されました。身元はまだわかっていませんが、再三ファンレターを出しているのに、返事がまったくもらえない、というようなことを叫び続けていたという情報も入ってきています』

心臓がどくどく鳴っていた。映像を見ただけなのに、あの洋食屋でサラリーマンに怒鳴られたときと同じぐらい、いや、もしかしたらそれ以上に速く打っている。リモコンを持つ手も、やっぱり震えてしまっていた。

ゆうちゃんのファンサイトの掲示板は、その後、当然のように事件の話題で持ち切りだった。

『怖かっただろうね。ゆうちゃん可哀想。早く元気になってくれるといいけど』

『ああいう人間にファンを名乗って欲しくないですね。最低です』

『ショックだっただろうけど、ゆうちゃんはこんなことぐらいで潰れる子じゃないって信じてます』

『だよね。すぐに立ち直ってくれるよね！』

「こんなことぐらい？」

パソコンの前で僕は思わず声を上げてしまった。あんな風に襲われたのが、「こんなことぐらい」？

いつものサイトの掲示板でも、やっぱり話題になっていた。

『あれはさすがにショックだったろうな。ゆうちゃん立ち直れないんじゃない？』

『だよね。引退しちゃったりして。嫌だけど、あんなことがあったら仕方ないよな』

こちらの書き込みには、首を縦に振って同意してしまった。

『犯人の身元出たよ。二十六歳、無職だって。無職かぁ、ああいうのと俺らも一緒にされちゃうんだろうな。ホント嫌になる』

『嫌になるって。笑。だって無職なんでしょ？　実際一緒じゃん』

『一緒じゃない。あいつは犯罪者。俺たちはただ会社や学校に行かないだけ。誰にも迷惑はかけてない』

『親には迷惑かけてるかも……。もうずっと学校行ってないのに、うちの親、学費払い続けてくれてるんだよね』

画面から一瞬、目を逸《そ》らしてしまった。僕もそうなので、胸がざわつく。

『雨にも負けず……、いい言葉ですよね。でも、の後、ゆうちゃんなんて言おうとしたんだろう？』

『雨にも負けて、風にも負けて、社会から脱落してるような人、いますよね。そういうものに私はなりたくない。じゃない？　笑』

『上手いな、おまえ』

『上手いけど笑えない。リアルすぎる。痛い』

そこまで読んで、僕は急いでページを閉じた。手はまだ少し震えていた。

三日後、ゆうちゃんは記者会見を開いた。

『ご心配かけました。私は怪我もしていないし、大丈夫です。でも何人か怪我をされたお客さんがいたと聞いて、とても悲しいです』

——皆さん、ゆうちゃんのせいではない、とおっしゃっていましたよ。

『でも、私のイベントでの出来事だったので……。やっぱり、ごめんなさいって思います』

——怖かったでしょう？　まだ三日しか経ってないですよ。今でもまだ怖いんじゃないですか？

『……いえ。あー、いえ、はい。怖かったです。今でも思い出すと怖いです』

そう言ってゆうちゃんは、口をきゅっと結んだ。そして一瞬、どこか遠くに鋭い目線を送った。なにかに挑むような顔。あのＣＭのアップのときの顔と同じだった。

そして、それからゆっくりとまた口を開いた。

『怖かったけど、でも、負けたくなかったので。心配してくれている手紙や電話をファンの方からも友達からも沢山もらいましたし、早く皆さんに、お礼と、大丈夫ですってことを言いたかったんです』

――元気なゆうちゃんの姿を見られて、皆さん喜んでいると思いますよ。

『ありがとうございます。嬉しいです』

――最後に一ついいですか？　視聴者の方から質問が来ているんです。あの日のインタビュー、途中で中断されちゃいましたよね。『「雨にも負けず、風にも負けず」は好きな言葉です。でも』の後、なんて言おうとしたんですか？

ゆうちゃんが、マイクを持ったまま固まった。

――あのときのことは、思い出したくないでしょうか……？

『ああ、いえ。なんだったか忘れちゃって……。あ、思い出しました。あの言葉は好きだけど、でも雨の日や風の日には、外に出るのは嫌だなぁってやっぱり思っちゃいます。って言おうと思ったんです』

会場から、笑い声が上がった。

『でも、お出かけは好きなんですよ。晴れた日は、張り切ってお出かけします』

そう言って、ゆうちゃんは笑顔になった。僕の好きな、大きく口を開けて笑う、あの笑顔だった。

どこのニュース番組も、この会見を流していた。どこの局のキャスターもコメンテーターも、みんなゆうちゃんを褒《ほ》め称《たた》えていた。

『最後に、ゆうちゃんスマイルが出ましたね』

『ねぇ。彼女、まだ十七歳なんですよね。子供の頃から人前に出ていたとはいえ、本当にしっかりしてますね。感心します』

『本当に。うちの子にも見習って欲しいっていう、親御さん多いんじゃないですか』

ゆうちゃんのファンサイトも、同じように褒める意見が多かった。

『思ったよりずっと早く復活してくれましたね！　さすがです』

『記者会見、かわいくてカッコよかったです。ますます好きになりました』

いつものサイトのほうでも、また話題になっていた。でもこちらでは、褒める意見はほとんどなかった。

『強い子だね。あんなことがあったのに、もう笑ってるよ』

『誰だよ。天使とか言ってたやつ。天使じゃなくて戦士じゃん。俺、落ち込んだ』

落ち込んだ？　どうしてだ？　ゆうちゃんは元気になっていたのに？

『俺も。ゆうちゃんは俺とは違うんだなって思って』

『だよな。全然元気になってやんの。きっと今頃必死に泣くの堪えてるんだろうと思って同情してたのに。ドラマではそうだったじゃん』

確かに三年前のドラマの役は、そんな感じだった。でも役と本当のゆうちゃんは違うし、元気になったのはいいことなんじゃないのか？

『所詮《しょせん》、ゆうちゃんは俺らみたいな本当に弱い人間ではなかったってことですよ』

なんだそれ？　どういうことだ？　所詮って。「本当に弱い人間」のほうが、偉いみたいな言い方だぞ。

『だね。子供の頃から、ずっと芸能界にいるんだぞ。よく考えたら弱いわけないじゃないか』

『ホント。裏ではすっげー性格悪いんじゃないの？　だってさ、一旦黙ったとき睨むような顔したの見た？　怖かったよ』

あの、ＣＭと一緒の挑むような視線のことか？　確かに鋭くて強い印象ではあるけれど、あれが怖い？　カッコいいじゃなくて？

「なんだ、こいつら」

気が付いたら、そう声を出していた。こいつら、逃げてるだけじゃないのか。ゆうちゃんみたいに、「怖かったけど、負けたくなかった」と言って立ち直ることのできない自分を、「本当に弱い人間だから」と言い訳をして。

いつの間にか僕は、洋食屋のときのように、右手で拳を握っていた。

そして、この拳はどこに向けるべきなのかと考えた。

こいつらに、言い訳をしながら逃げてるだけのこいつらに、いつも慰められていたのは、一体どこのどいつだった？


電話の音で目が覚めた。反射的に受話器を取ってしまったが、表示されていた番号は実家のものではなかった。あの、ときどきかかってきていた知らない番号だ。

「お前、まだインフルエンザ治らねーの？　どんだけ強力な菌だったんだよ」

受話器の向こうから聞こえてきたのは、田辺の声だった。

「あ、いや。あの……。どうしたの？」

何事もなかったかのように田辺が話しかけてくるので、僕は大いに動揺した。

「へへっ、明日、小テストがあるんだよ」

田辺は言った。前期のときに、僕がみんなに教えてあげた小テストと同じものだという。

「教科書持ち込みＯＫだってさ。お前なら頭いいから、授業受けてなくてもなんとかなるだろ。前期の単位落としてても、明日の小テストと後期の最後のレポートが通れば、二年でもう一回前期分は受け直せるらしいぜ。だから、来いよ。ちなみになんでそんなこと知ってるかというと、俺らも全員前期は落としたから」

そう言って、電話の向こうで田辺は笑った。相変わらずの喋り方だった。

「……でも、僕一回も出席してないから、試験資格ないんじゃないの？　あの授業、出席うるさかっただろ、確か」

僕の言葉に、田辺は少し間を置いてから言った。

「大丈夫だよ、多分。三人で交代でお前の代返してたから。ま、俺らもサボってたときあるから、皆勤にはなってないけど。でも、試験資格はギリギリあるはずだよ。だから電話したんだよ」

今度は笑っていなかった。なんて言っていいのかわからなくて、僕はしばらく黙ってしまった。

「それまでは、洋介に代返してもらってばっかりだったからさ。だから他の授業もできるだけ手分けして、出席にしてあるよ。ま、でも俺らもサボるときあるから、全部じゃないんだけどな、それも。……で、来られるのかよ？　明日。熱はもうないのか？」

田辺はまた笑った。嫌いだった笑い方のはずなのに、僕は何故か田辺が笑ったことに、ホッとしていた。そしてつられて、少しだけれど僕も笑っていた。

「うん。……行ける。行くよ」

「そっか。よかった」

「あー、でも……。明日って、晴れるかな？」

「は？」

「あ、いや。ううん。行くよ。教えてくれてありがとう」

電話を切った。鼓動が速くなっていた。でも、嫌な感覚じゃない。受話器を持つ手は震えてはいなかった。

ゆうちゃんの記者会見の日から、一週間が経っていた。


次の日は朝からよく晴れていた。

フード付きパーカーを着て一度部屋を出たのだが、あまりに寒くて、ジャンパーを取りにすぐに部屋に戻った。晴れているのに、と思ったけれど、よく考えたらもうすぐ十二月なのだ。引っ越してきたときのまま、ずっと衣装ケースに入っていたジャンパーは、微かに防虫剤の匂いがした。

校門をくぐるときは緊張した。髪も伸びっぱなしだし、ここ数ヵ月でやつれて顔色も悪くなっているし、変な目で見られたらどうしよう。でもすぐに、そんなことは無駄な心配だと気が付いた。誰も僕を見てなんかいない。当たり前だ。何もしていないのに、変な目で見られるなんてことはない。

教室の真ん中辺りに、田辺と他の二人が固まって座っていた。

「お、おはよう」

後ろから僕は声をかけた。最初の「お」がちょっと掠れてしまって、誤魔化そうとしたら、どもってしまった。

「おう、洋介。おはよう」

「お前髪伸びたな。あー、面倒だよなぁ。テスト」

声が掠れたことにも、どもったことにも、誰もなにも反応しなかった。

「あ、あのさ。代返、ありがとう。あと、昨日連絡も……」

今度は最初から、声を張って言ってみた。

「おう。俺今日のバイト、ムカつく先輩と一緒なんだよー。マジで行きたくねぇ」

「いつもそんなこと言ってんじゃん。いい加減別のバイト探せばいいのに。あ、千葉。ちゃんと教科書持ってきた？　持ち込みOKだってさ、テスト」

「あ、う、うん。持ってきた」

「お、先生来たぜ。早く座れよ、洋介」

あまりにみんなが何事もなかったかのように、昨日も会っていたかのように接してくるので、僕はまた動揺した。鼓動が速くなった。でもやっぱりそれは、嫌な感覚ではなかった。

テストが終わってから、一人で大学を出た。三人は、バイト、授業、彼女とデートとそれぞれ予定があり、教室で別れた。最後までみんな、僕が昨日まで大学に来ていなかったことには特に触れなかった。別れ際には、「じゃあまたな」と言ってくれた。それは、そう遠くない「また」を指しているように思えた。

僕のその日の他の授業は、前期の単位を落としているので、受講資格を失っていた。でも調べたら、明日の授業にはいくつか受けられるものがあった。そのうち一つでもいいから、明日も授業を受けに大学に来よう。校門をくぐりながら、そう決心した。

行きには避けた、バイトしていた配送センターと、あの洋食屋のある道を通って帰ることにした。この道を通れるようになれば、いつかバイト先に謝りに行くことや、あの洋食屋にまた行くこともできるようになるかもしれない。すぐには無理かもしれないけれど。

早足で、配送センターの前を通り過ぎた。いつか必ず謝りに来ます、と念じながら。

洋食屋が見えてきた。でも別にここにはもう来る必要はないかもしれない。僕はとばっちりを食っただけなんだし――。そんなことを考えながら、歩く速度を再び速めかけたときだ。「準備中」の札がかけられたドアが開いて、女の子が中から出てきた。あの、ウェイトレスの女の子だ。

買い出しにでも行くのだろうか。制服を着たままだった。ドアを閉めて彼女は、日差しが眩しかったのか空を見て、少し目を細めてみせた。あの日の、どこか遠くを見据えたようなときの顔と、同じ表情になった。

僕は急いで回れ右をして、早足で来た道を戻った。彼女は辞めていなかった。僕と違って、あの事件は「こんなことぐらい」というものだったのだろうか。それとも——。

ふと、どこかから視線を感じた。立ち止まって、俯《うつむ》き加減にしていた顔を上げ、周りを見渡してみた。近くのコンビニの窓から、誰かがこちらを見ている。

ゆうちゃんだ。スポーツドリンクのＣＭの、あの挑むような目つきの顔のポスターが貼ってある。

あのＣＭであの顔を最初に見たとき、どこかで見たことがある気がしたのは——。ゆうちゃんの顔を覚えていたわけじゃなくて、あのウェイトレスの女の子が、僕に頭を下げたあとに遠くを見据えた顔に似ていたのだ。

そしてこの間の会見で、同じ顔をしてゆうちゃんは、言った。

『怖かったけど、でも、負けたくなかった』——と。

ゆうちゃんや彼女の真似をしてみた。顔を上げて、僕も遠くを見据えてみた。
太陽の光が眩しかった。今日は本当に天気がいい。
僕は、弱い。雨にも風にも、きっと今は簡単に負けてしまう。
でも大丈夫だ。だって今日みたいに晴れている日なら、外に出かけられる。
そのうち、雨の日だって風の日だって、出かけられるようになれるかもしれない。
いや、なろう。ならないと。
久々に見る太陽を、伸びてしまった前髪越しに、僕は思い切り睨みつけてやった。

Scene 3

桜前線

顔を拭《ふ》くのに使ったタオルから、きつく洗剤の匂いがした。クシャミが出そうになって、必死で堪えた。奥のベッドルームで眠っている彼女を起こしてしまう。

さて、どうしようか。洗面台の鏡に映った自分に問いかける。目を覚ましたら、ラブホテルにいた。隣には昨夜知り合ったばかりの女の子が眠っていた。つまり僕は、浮気をしたわけだ。

妻の明子《あきこ》とは知り合ってから六年、結婚して四年。その間、ただの一度も浮気なんてしたことのなかったこの僕が。いや、明子に限ったことではない。それ以前に彼女がいたときにだって、いわゆる「浮気」なんて一度もしたことがなかったのに。どうして昨日に限って、羽目を外してしまったのだろう。

鏡に映った顔が、酷《ひど》くむくんでいることに気が付いた。最近、前日の深酒や睡眠不足が顔に出やすくなった。体重は変わっていないのに下っ腹がぽっこり出てきた。会社ではまだ若手と呼ばれているが、決してもう若くはないと自分では思っている。

鏡の隅に、いきなり女の子が侵入してきて驚いた。脇腹をつまんでいた手を急いで離して振り返る。

「おはようございます」

ピンク色の安っぽいバスローブを着た彼女が、か細い声で言った。「おはよう」と僕も小さな声で返事をした。

昨日に限って羽目を外してしまった理由は簡単だ。色の白い肌、綺麗にカールした長い睫毛《まつげ》、少し茶色がかったショートボブのさらさらの髪。単純に、彼女は僕の好みだった。

昨夜、同期の大崎《おおさき》の婚約祝いで、彼女と隣の席になった。営業部の事務で、まだ一年目の新入社員だという。名前は確か、浜田優理《はまだゆうり》といった。

「読み方、『ゆり』とよく間違えられるんですけど、『ゆうり』って言うんです」

そう自己紹介されて、顔だけじゃなく声も可愛い、と思ったのを覚えている。世間話をして打ち解けた頃、彼女が仕事の悩みや彼氏とのすれ違いなんかを、僕に相談し始めた。頼られたことで少し調子に乗って、先輩らしく年上らしく、それっぽく適当なアドバイスなんかをしてみたりした。お開きになって店を出るときに、「話、中途半端だし、もう一軒行く?」とダメ元で誘ってみたら、「いいんですか?」と意外にも彼女はあっさり乗ってきた。

二軒目の店では、僕も彼女も結構飲んだ。だから、どっちがどういう風に誘ったかとか細かいことは覚えていない。ただ気が付いたら、ホテルにいた。

「あの、私」

さっきより更に細い声で呟いて、彼女は俯《うつむ》いた。次の言葉を探しているのだろう。沈黙が気まずくて僕も言葉を探したが、適当なものが浮かんでこない。浮気をした次の日の朝に、相手と交わす言葉で適当なものってなんだろう。

「あの、私、初めてなんです」

先に口を開いたのは、彼女だった。その言葉に驚いて、「え」と僕は大声を出しそうになった。

「付き合ってる人じゃない人と、こういうことになるの、初めてなんです」

胸を撫《な》で下ろす。そうだよな。処女じゃなかったよな。

「うん。僕も初めて」

僕の言葉に、彼女は顔を上げた。くっきり二重の黒目がちの大きな目が、僕を見つめる。

「あの、平井《ひらい》さんの奥さんにご迷惑かけるようなことしたりとか、そんなつもりは全然ないんです。私も彼氏いるし……。昨日は、ちょっと落ち込んでて、飲み過ぎちゃって、それで……」

消え入りそうな声で彼女は言った。途中で言葉が止まってしまったので、「うん」と僕は彼女の顔を見て頷いた。

昨日のことは、一晩だけのこと。そうしてくれと言いたいのだろう。僕が頷かないわけがない。お互いそうするのが都合がいいに決まっている。

彼女はしばらく僕の顔を見ていたが、やがて同じことを考えているということに気が付いたらしく、ゆっくりと頷いた。緊張で強張っていた顔がどんどん緩《ゆる》んでいく。それを見て、僕も安心した。

けれど、バスローブの襟元から覗いている、華奢《きやしや》な体と童顔に似合わない意外とくっきりとした胸の谷間を見て、同時に少しがっかりしたのも事実だった。

エレベーターがなかなかやって来ないので、四階の自分の部屋まで階段で上がった。深酒のせいか、それとも思わぬ運動をしたせいか、体が重い。

玄関を開けた途端、明子の黒いロングブーツが目に入った。思わず舌打ちをしてしまう。下駄箱に入らないこのブーツは、冬の間中ずっと玄関に放り出されていて、邪魔なことこの上なかった。暖かくなってきて最近は履いていないみたいだし、押入れにでも片づけてくれ、と何度も言っているのに。「手入れが必要だから、時間のあるときに片付けるわ」と言ったまま、もう半月近く明子はそのままにしている。

部屋に上がって、靴下を脱ごうと脱衣所に入って、今度は溜め息を吐きそうになった。洗濯カゴが溢《あふ》れ返っている。以前は少量であっても毎日明子が洗濯機を回すので、水がもったいないから二、三日に一回にしたらどうだと提案したぐらいなのに。最近は、一週間に一度するかしないかになっている。靴下や下着の替えがそろそろ切れると僕に言われて、やっと取りかかる有様だ。

部屋着に着替えて、ベッドに横になった。瞼《まぶた》が重い。時計は十時二十分を指している。土曜日の今日は明子のパートの日だ。夕方までは帰ってこないから、それまでに一眠りしてしまおう。

台所の方から物音が聞こえて、目が覚めた。カーテンの向こうが薄暗い。時計は十八時前を指していた。

「おかえり」

キッチンでフライパンに向かって、なにか炒《いた》め物をしているらしい明子に声をかけた。豆板醬《トウバンジャン》の匂いが、鼻を刺激する。

「起きた？　よく寝てたから、起こさずにおいた。久々に夜通し飲んだんだから、疲れたんでしょ？」

手を動かしたまま、明子は冷蔵庫の脇に立つ僕の方に顔を向けた。昨夜、ホテルで浜田優理がシャワーを浴びている間に、明子には「今日は朝まで飲むことになりそう」とメールをしていた。

「うん。十時半ぐらいに帰ってきたんだけど、ちょっと横になるだけのつもりが熟睡しちゃったよ」

後ろめたさから、明子の視線をかわしてしまった。誤魔化すために、冷蔵庫のドアを開けて中からペットボトルのお茶を取り出した。会話もさりげなさを装ったつもりだったが、帰ってきた時間などを具体的に言ったのは、かえってわざとらしかっただろうか。

「大崎君が結婚ねぇ。合コンばっかりしてたのに、ついに落ち着くのねぇ」

笑いながら言う。特に怪しまれている風はなく、安心した。相槌を打ってから、お茶を喉に流し込む。ブーツと洗濯物のことで小言を言いたかったけれど、止めておいた。さすがに浮気して帰ってきておいて、それは憚《はばか》られた。

数分後。食卓には、ご飯と味噌汁と麻婆《マーボー》春雨《はるさめ》が並べられた。我が家の食事は、ご飯と味噌汁と肉か魚のメインのおかず、それから野菜のおかずの四品が定番だ。「野菜は？」と聞こうとした僕を先回りして、「ごめんね。おかず一つしかなくて」と明子が早口で言った。

「今日、仕事のあと先生とお茶飲みに行ったの。少しのつもりだったんだけど、ついつい話し込んで長くなっちゃって。先生、気にしてさっき家まで車で送ってくれたのよ。それで、駅前のスーパーで野菜買うつもりだったのに行けなくなっちゃって。送ってくれるって言ってるのに、断わるのも何だったし」

そこで一息ついて、明子はご飯を口に運んだ。そして飲み込んだあと、すぐにまた口を開く。

「今日連れて行ってもらったお店、先生の知り合いのお気に入りの所らしいんだけど。ビルの中に入ってる店で、壁やテーブルを全部木目調にしてあって、入った途端別世界みたいな感じですごく落ち着くの。そういうこだわってる店だからお茶もすごくおいしくて、ケーキも食べたんだけど、それも……」

僕が返事するヒマも与えず、明子は楽しそうに話し続ける。仕方なく僕は、無言で時々頷いてやる。

パートに出るようになってから、明子は口数が多くなった。以前にそう言ったら、「だって前は一日中家にいたんだもの。話すネタがなかったのよ」と、少しムッとしながら答えたっけ。でも口数だけじゃない。口調も変わった。こんなに早口でまくし立てたりしなかった。多分「先生」の口調に似てきたのだろうと思う。

「お母さんの知り合いの女医さんがやってる病院があるんだけど、受付のパートの人が産休に入っちゃうから、人手が足りなくて困ってるんだって。明子、働いてみない？　って言われたんだけど、やってみてもいい？　週に三回、午前中だけだから、家事の負担にもならないと思うし」

そう言って、明子がパートに行き出したのは一年前だ。負担にならないと言っていたくせに、あっという間に家事はおろそかにされるようになった。そして、荒川先生というその女医と、二十歳の年齢差を乗り越えて友達になった（本人がそう言った）明子は、口数が多くなり、口調も変わり、食事だお茶だ映画だオシャレな雑貨屋だと、よく外出をするようになった。

もし、以前のように明子が家事をきっちりこなしてくれていたら、昨日、浜田優理とは二軒目までにして、僕はちゃんと家に帰ってきたんじゃないだろうか。

明子が力説する、「びっくりするぐらいしっとりしているシフォンケーキ」の話に興味が持てず、聞いているふりをしながら、僕はテレビの方に目をやった。

『どうしてダメなんですか？　私が新人だからですか？』

ＯＬ服を着た若い女の子が、上司らしき中年男にそう詰め寄っていた。会社が舞台のドラマらしい。ＯＬ役の女の子に見覚えがあった。黒いまっすぐの髪を肩まで垂《た》らしていて、大きな目が印象的な子だった。可愛いけれど、ちょっと気が強そうである。なんて名前の女優だっけ？　思い出せない。

「それでね、荒川先生、娘さんの彼氏にこの間初めて会ったらしいんだけど、その彼っていうのが……」

相変わらず喋り続けている明子が、不意にリモコンを手に取ってチャンネルを替えた。真剣にドラマを観ていたわけではないが、女優の名前を思い出そうとしていた僕は、面食らった。ザッピングしながらテレビを観るようになったのも、パートに出だしてからだと思う。「前みたいに一日中テレビを観たりできないから、情報についていけなくなる」と言うのが明子の言い分なのだ、どうせ喋ってばかりだし、チャンネルもしょっちゅう替えるし、どの番組もまともに観ていないから、情報もなにもあったもんじゃないと、僕は思ってしまう。

「大相撲、もうすぐ春場所なのね。でも盛り上がらなさそうよね。だってほら、また欠場だって」

スポーツニュースのところで、明子はリモコンを操作する手を止めて、横綱の名前を口にした。僕や明子と同い年の、人気力士だ。最近はケガや不調で欠場が続いている。

「らしいね。そろそろ引退じゃない？」

別に興味なかったからいいけれど、荒川先生の娘の彼氏の話が途中になっているぞと思いつつ、僕は明子に返事した。

「えー、そうなの？　でも横綱って、ずっと勝ち続けないといけないんだものね。確かにそろそろ苦しいのかしら」

「もう三十だしね」

「まだ三十なのに」

僕と明子の声が重なった。僕が「もう」の方、明子が「まだ」の方だ。

「だって十代の頃から第一線にいるから、若い印象が強くてさ。でも、僕らと同い年だから、もう今年で三十なんだよなって思って」

明子の顔が、「もう？」と尋ねているので、僕はそう説明をした。

「まぁね。でも私は、まだ三十歳なのに引退なんて哀しいなぁって思っちゃうな。だって普通は隠居生活って、お爺さんになってからするものでしょ？　三十歳なんて、まだまだこれからなのに可哀想よ」

明子の言葉に、僕は苦笑いした。

「現役引退したって、別に隠居するわけじゃないよ。指導者になったりして、かえって忙しかったりするんじゃない?」

「そうかもしれないけど、引退って響きがなんか哀しいじゃない。まだ三十なのに」

やたらと「まだ三十」を主張する。

「もう三十、って思うことの方が多いけどな、僕は最近。残業もあまり長時間は辛くなってきたし、前の日の酒もなかなか抜けなくて。今日も顔むくんでるし」

「荒川先生は、まだ五十って言ってたよ」

明子が呟く。麻婆春雨に箸《はし》を伸ばしながら、「え?」と聞くと、また早口で明子は話し出した。

「今日行ったその店で、先生のお友達に会ったのよ。その人が、『五十近くなってから東京に出てきて、新しく仕事始めるなんて、本当にあなたのタフさには呆れるわ』って、先生に向かって言ったの。そうしたら先生、『だって私まだ五十よ。まだまだこれからよ』って」

話し終えると、明子は何故か得意気な顔をした。

荒川先生という人は元々、田舎町の市民病院に勤めていたらしいのだが、娘が大学進学のため上京するときに心機一転、一緒に東京に来て開業医を始めたそうだ。「苦労があったはずなのに愚痴《ぐち》一つこぼさないの」「立派な人なの」などと、明子はよく力説する。「女手一つ」「苦労」などとも言うから、早くに旦那さんに死なれたりしたのかと思ったら、なんのことはない。まだ娘が小さいうちに離婚をしたのだという。自ら選んだ道での苦労は、僕は「苦労」だとは言ってやらない。

「あ、ゆうちゃんだ」

テレビに向かって、明子が言った。またいつの間にかチャンネルを替えたらしい。さっきのドラマが再び映っていた。

「え、ゆうちゃんって、あの?」

アップで画面に映っているOL役の女優を見ながら、僕は聞いた。六年前、「ゆうちゃん」という役名の子が主役の学園ドラマが流行っていたが、あの「ゆうちゃん」なのか。

「そう。あの、ゆうちゃん。大人っぽくなったわね。OLの役だなんてねぇ。この子、いくつになったのかしら?」

「二十歳ぐらいじゃないの?　多分」

気のない素振りを演出したが、本当ははっきりと自信があった。ゆうちゃんなら、六年前に十四歳だったから、今年二十歳のはずだ。当時、毎週欠かさず僕は彼女のドラマを観ていた。ちょうど、明子と出会う少し前に放映されていた。ドラマ自体は特に面白いと思わなかったけれど、単純にゆうちゃんが好みのタイプだった。でも以前に同じ課の同僚にそのことを話したら、「ロリコンかよ」と笑われたので、以来公言はしないようにしている。

「印象変わったね。キツイ感じになった？」

僕の言葉に、「そうねぇ」と明子は呟きながら、またチャンネルを替えた。

「人は変わるからね。それにしても、あのゆうちゃんが二十歳かぁ。それは間違いなく、もう二十歳、だわね」

お水のおかわりをするのか、グラスを手に持って明子は立ち上がった。テレビからは今度は天気予報が聞こえてきた。

『今年は記録的な暖冬でしたね。その分、春も早く来るようで、桜前線も例年よりかなりの駆け足になると思われます。各地の開花予想ですが……』

「今年はいつもより早く咲くって、桜」

台所の明子に向かって話しかけた。毎年、近所の公園でお花見をするのが、結婚してからの恒例行事になっている。

「えー？」

聞こえなかったのか、明子が台所でそう叫んだ。こちらに戻ってきてから言い直そうと思っていたら、「そう言えば今日、病院に変な患者さんが来てね。私も先生もまいっちゃったわよ。大体入ってくるときから……」と、戻ってきた途端、明子はまた話をし始めた。僕が話しかけていたことは、この少しの間で忘れてしまっているらしい。仕方なく僕はまた、うんうんと明子の話に無言で首を振った。

会社の食堂で天ぷらうどんを啜《すす》っていたら、「平井」と後ろから声をかけられた。カレーライスを載せたトレーを持った、大崎が立っていた。

「この間は来てくれてありがとうな。営業のやつらが多かったから、退屈じゃなかったか？　気になってたんだ」

僕の向かいの席に、大崎はまわり込んで座った。雑誌のようなものを数冊、トレーの脇に置く。

「いやいや。ゆっくり飲ませてもらったよ」

「そっか。じゃあよかった」

「進んでるか？　結婚準備」

「まぁね。式と披露宴は彼女に任せてあるから、俺はもっぱらこっち」

大崎はカレーのスプーンを一旦置いて、脇の雑誌の表紙を、僕の方に向けて見せた。全部住宅情報誌だった。新居探しを任されているらしい。

「マンション情報？　買うのか？」

賃貸ではなく、分譲マンション中心のものばかりだった。

「最初は二人暮らし用の賃貸アパートのつもりだったんだけどな。子供が大きくなったら、どうせ広いマンションに引っ越すんだろうし、だったら最初から買ってもいいかって話になってさ」

大崎はそう言って、一冊を手に取ってパラパラとめくる。

「子供のこと、もう考えてるんだ？　まだ結婚前なのに」

「彼女二つ年上だから、もう今年三十二なんだよ。やっぱり年取れば取るほど出産は大変だって親や友達が言うらしくて、早く産んでおきたいんだって」

「なるほどね」

「平井のところは？　明子ちゃんも今年三十代突入だろ。そろそろ子供考えないの？　結婚は早かったのに、お前ら」

僕と明子を引きあわせたのは大崎である。六年前、入社二年目のときに、「人数が足らないから」と大崎にしつこく誘われた合コンで、当時の職場の同僚たちとやってきた明子と出会った。

ブランドのバッグを持って、派手な洋服に身を包んだ女の子たちの中、淡いピンクのカーディガンに、膝下のスカートを合わせただけの地味な明子は浮いていた。他のみんなの盛り上がりについていけないのか、合コン中は、終始戸惑った表情を浮かべていた。この子も僕と一緒で、無理矢理付き合わされたんだろうな。そう思ったら親近感が湧いてきて、帰り道で僕は明子にだけ電話番号を聞いた。それから一ヵ月後には付き合い出した。

合コンのときにも浮いていたように、明子は会社でも同僚たちに馴染むことができずにいたらしく、僕と付き合い出してから二年後に会社を辞めた。それをきっかけに、僕たちは結婚をした。

「そうなんだよな。もう三十なんだよ。確かに、そろそろ子供も考えないとな」

僕の言葉に、大崎は嬉しそうな顔をした。

「そうだよ。同い年の子供作ろうぜ。そうしたら色々助け合えるしさ」

結婚の挨拶に双方の家族で集まったときから、「早く孫の顔が見たい」と僕の両親も明子の両親も盛り上がっていた。その雰囲気に飲まれて、僕たちもすぐに子供を作るつもりでいた。けれど、二年経っても子供ができる気配はなかった。会社勤めのときのストレスが原因か、明子は長い間生理不順に悩まされていたのだ。

「体をいっぱい動かして、よく食べてよく寝て。そういうメリハリのある生活をするといいですよ。家でじっとしているより、外に出ましょう」

婦人科医にそう言われて、明子はパートに出たいと言い出した。最初の頃は、近所のスーパーやファミレスで働いていた。けれど子持ちの主婦が多く、子供ができないことで悩んでいた明子には、彼女らから子供の話を聞かされるのは苦痛だったようだ。ご近所の主婦の派閥争いに巻き込まれたりするのも嫌がり、どれも長く続かなかった。

そんなときお義母《かあ》さんに紹介されたのが、荒川先生の病院だった。三駅向こうの町だから近所の人たちとも関わらないいし、受付は交替制で一人だから、同僚もいない。荒川先生とさえ相性がよければ問題がない。今度こそ長続きさせたいと、明子は気合いを入れていた。

結果、家事をおろそかにして遊びに行く仲になるほど相性はよかったわけで、この一年で明子の体調はすっかり良くなった。もう生理不順も治っている。もう一度子供のことを考え直すのに、今はいい時期かもしれない。

「お、ゆうちゃん。お疲れー」

大崎の言葉に、顔を上げた。浜田優理が、オムライスを載せたトレーを持って立っていた。あの日以来、会うのは初めてだ。体に力が入ってしまう。

「うちの課の、ゆうちゃん。この間俺の飲み会にも来てくれてたんだよ」

大崎が、俺と浜田優理を交互に見ながら言う。

「平井さんですよね。この間、お話しさせてもらいました」

浜田優理が笑顔を見せて、僕に会釈《えしゃく》をしてみせた。僕も慌てて返す。

「大崎さん、ゆうちゃんって呼び方、やめてくださいよ」

大崎の隣に腰を下ろしながら、浜田優理が言った。

「なんで？　優理ちゃんだから、ゆうちゃんでいいじゃない。それに、なぁ平井。この子、あのゆうちゃんに似てない？　昔流行ったドラマの。言われるでしょ？　似てるって」

「昔はたまに言われたけど、最近はそうでもないですよ。最近ゆうちゃん、雰囲気変わったし」

「ああ、今のドラマはちょっと違うよね。昔のゆうちゃんに似てるよ」

大崎と会話をする浜田優理を、僕はこっそり観察してみた。言われてみれば少し似ているかもしれない。黒目がちの大きな目とか。どうりで僕の好みだったわけだ。

「でも昔のゆうちゃんって、完全に子供じゃないですか？　私、童顔なの気にしてたから、あんまり嬉しくなかったんですよね」

浜田優理が口を少し尖《とが》らせてみせた。その仕種もやっぱり可愛らしい。あの日限りの関係なのは、ちょっと惜しい。そんな不謹慎なことを僕は少し考えた。

その日の夕食のメインのおかずは、スーパーの総菜コーナーで買った、できあいのコロッケだった。今日はパートの日ではないので一言言ってやろうかとも思ったけれど、浜田優理とのことが頭に浮かんで、言葉を引っ込めてしまった。ブーツも未だにしまわれていないけれど、言えず終まいになっている。

「なぁ、パートっていつまで続ける？」

パサパサしていてあまり美味しいとは言えないコロッケを一口飲み込んでから、代わりに僕はそう聞いてみた。

「いつまで、って？」

明子が驚いた顔をして、僕の顔を見る。

「産休に入った人の代わりだったんだろ？　もう一年経つし、その人そろそろ戻って来るんじゃないの？」

「え？」と、明子は更に目を丸くした。

「戻って来ないと思うよ。出産は終わったって、手がかからなくなるまではまだまだかかるだろうし。それに働き始めるとしても、同じところに戻るとは限らないんじゃない？　正社員じゃないんだから。私は代わりっていうか、出産のために辞める人がいるから、来てって言われた感じだけど」

「そうなの？」

　僕が思っていたニュアンスと、随分違う。

「そうよ。それに私、いつか辞めなきゃいけないの？　働くの、楽しいんだけど」

　明子が声のトーンを低くした。

「体調よくなってきたみたいだし、そろそろ子供も考えたほうがいいかと思ってさ」

　昼間大崎とした話を、僕は明子に聞かせてみせた。年を取ってからの出産は大変らしい、というところを強調気味に。明子は腕組みをしながら、僕の話を聞いていた。そして僕が話し終えた途端、いつもの早口で話し出した。

「高齢出産も増えてるし、医療も発達してるから最近は三十代でも全然大変じゃないって、先生は言ってたわよ。先生の友達にも三十半ばや後半で産んだ人、沢山いるって。先生が言うんだから間違いないわよ。大崎君の奥さんって、医療関係の人じゃないでしょう？」

「そうかもしれないけど……。でも、わざわざ遅く産む理由もないだろう？」

「でも子供は、自然に任せるのがいいと思うんだけど。わざわざ作ろうとして、前みたいにどうしてできないんだろうって思って、落ち込みたくないし」

　明子とは、もう半年ぐらいセックスをしていない。このまま自然に任せていたら、できるわけないじゃないか。そう言おうかと思ったけれど、食事中の話題にはふさわしくないので、止めておいた。

「でもパートに行き出してから、家事が手抜きになってる気がして……。それも気になってたから、考え直すいい機会かなと思ったんだよ」

別の方向から攻めてみることにする。味噌汁を啜《すす》っていた明子が、勢いよく顔を上げた。明らかに不満気な表情をしている。

「手抜きはしてないわよ。働いてるんだから、前より完璧にできないのは当たり前でしょう？　その分、私だって家計を助けてるんだし」

働いていると言ったって、所詮週に三回で時給である。給料は僕の四分の一ぐらいだ。金遣いが荒くない僕たちは、十分僕の給料だけでやっていけていたはずで、明子の給料なんて端から、あてにしていない。

そう言い返したら、ケンカになるだろうかと躊躇《ちゅうちょ》していると、また明子が口を開いた。

「それに、そんなこと言うならもう少しあなたが家事を手伝ってくれてもいいんじゃない？」

「やってるじゃないか。僕だって」

つい口調が強くなる。明子がパートに行き出してから、食後の食器洗いと、家の中の鉢《はち》植《う》えの世話は僕が引き受けている。二人の給料の比率や労働時間を考えたら、それで妥当なはずだ。

「決めたものだけじゃなくて、臨機応変にその都度手伝ってくれたって……」

テレビのリモコンをいじりながら、明子はぶつぶつ言う。こんな話のときにまで、どうしてテレビを観る必要があるのだろう。僕はゆっくり溜め息を吐いた。

ニュース番組で固定して、明子はリモコンを置いた。フリップを掲《かか》げた女性アナウンサーが喋っている。

『……の行った調査によると、専業主婦を希望する女性の割合は、この十五年で三十四パーセントから十九パーセントにまで減少したということです。経済面の安定からだけでなく、自身の人生の充実のために働きたいという意見も増えており……』

「ほらね」と明子が明るい声を出した。

「いまどき専業主婦なんてめずらしいぐらいなのよ。妻に仕事辞めて欲しいだなんて、あまり外で言わないほうがいいわよ。特に女性には。セクハラだって言われかねないしね」

鼻を鳴らしかねない勢いで、明子は饒舌《じょうぜつ》に語り始めた。勝ち誇《ほこ》ったような顔をしている。それを見て、僕はばれないようにもう一度溜め息を吐いた。

食堂で大崎の後ろ姿を見つけて、「よぉ」と後ろから声をかけた。明子のパートや子供を作る話は、あれ以来なぁなぁになっている。大崎に愚痴を聞いて欲しかった。

「おう、平井。お疲れ」

カレーうどんを啜っている大崎の向かいの席に、まわり込んで座った。大崎の隣に座っていた若い男が、僕の顔を見上げる。

「こいつ、俺が教えてる木下《きのした》。まだ一年目なんだ。こっちは経理の平井。俺の同期」

大崎が紹介をしてくれた。

「どうもー。木下っす」

ヘラヘラと笑いながら、人懐っこいのと馴れ馴れしいのとの微妙なラインの口調で木下は言った。多少面食らいながら、僕は「どうも」と会釈を返した。

「平井、最近食堂率高いのな。前はずっと愛妻弁当だったのに」

僕の唐揚げ定食を見ながら、大崎が言った。

「いい響きっすねぇ。愛妻弁当」

木下が、横から茶々を入れる。

「パートに行き出してから、作ってくれなくなったんだよ」

苦笑いしながら僕は言う。最初はパートに行く日だけだったが、半年ほど経った頃から、「疲れてるから」と言って明子はパートが休みの日も弁当のために早く起きることはしなくなった。

「それは淋しいっすね。やっぱり奥さんには、家でご飯作って待っててもらいたいですよね。で、朝はお弁当渡して送り出してもらうの。俺、結婚してないですけど、したら絶対そうして欲しい」

　木下が、またヘラヘラと笑いながら言う。

「そういうこと言うとセクハラになりかねないって言われちゃったんだよ、この間」

「俺も言われたことある。女ってすぐ、そうやって話大げさにしますよね。ただ家庭的で大人しい子がタイプだってだけなのにさ、好みのタイプを言っただけで、セクハラとか社会問題にされてもって思いません？」

　口調は軽くて好感が持てなかったが、木下の言っている内容には共感した。確かにそうだ。僕だって明子に、女なんだから家にいなければいけないとか、そんなことを思っているわけじゃない。ただ、忙しそうに出歩き、家でも落ち着かない最近の明子より、昔の一生懸命家事をしてくれていた、少し地味なぐらいの明子のほうが僕の好みだというだけなのだ。

　今度また、パートや家事のことを明子と話し合う機会があったら、そう言ってみよう。

反応も少しは変わるかもしれない。

「じゃあ、お先に」

「どうもー」

立ち上がった大崎と木下を、「おう」と片手を上げて、手厚く僕は見送った。


日曜日の昼過ぎだからか、電車は空いていた。七人掛けシートの真ん中辺りに、明子と並んで腰を下ろす。一緒に電車に乗って出かけるなんて久々だった。

荒川先生の娘がピアノの発表会に出るらしい。明子から一緒に行こうと誘われたのは、食堂で大崎と木下と話した日の夜だった。最初はもちろん、どうして僕までと断わったのだが、先生が一度ご主人にも挨拶をしたいと言っていると聞いて、行くことにした。発表会の後、食事の店を予約してくれているという。雇い主である先生に、あまり明子を連れだして欲しくないということをアピールするのにいい機会だと思った。

大きな川に架かる橋を電車が渡る。川べりの並木道が、ほんのりピンク色に染まっていた。二、三日前、東京で桜が開花したと天気予報が伝えていた。記録的な早さだったらしい。来週末ぐらいが満開だろう。

来週お花見に行く？　と明子に話しかけようかと思って顔を隣に向けたが、不機嫌そうな顔を見て止めておいた。家を出てから、僕と明子はこれまで一言も口を利いていない。出がけにケンカをしたのだ。

原因は、明子が着ているワインレッドのワンピースだ。わざわざ今日のために買ったんだという。

「春色じゃないから、バーゲンになってて安かったのよ。結婚式用のドレスじゃフォーマル過ぎるし、ちょうどいい服がなかったの。ちょっと派手かとも思ったけど、たまにはいいでしょ」

明子はそう言い訳をした。高い買い物をするときは、お互い申告し合うという暗黙のルールがあったはずなのに、今日明子がそれを出してくるまで、僕はまったく聞かされていなかった。それで、少し言い合いになった。

それにノースリーブで濃い色のワンピースは、明子のイメージと全然違う。だから、「もっと淡い色のほうが似合うんじゃないの、明子には」と言ったら、「褒《ほ》めてくれると思ったのに、ひどい」と怒らせてしまった。それ以来、ずっと無言である。

玄関を出るときにベージュのカーディガンを羽織ったので少しは安心したけれど、電車の中でもやっぱり明子のワンピースは目立っている。と言うか、正直浮いてしまっている。

「はじめまして。明子ちゃんにはお世話になりっぱなしなのに、長い間ご挨拶もしませんで、すみませんでした。荒川です」

ゆったりとしたツーピースのスーツに身を包んだ荒川先生は、発表会会場の入口で、僕に丁寧に腰を折ってみせた。想像していたのと、随分印象が違った。どうせ若造りな化粧やファッションをした痛いおばさんなんだろうと思っていたのに。結い上げた髪と身だしなみ程度の化粧は無理がなく、品がよかった。細い黒縁のメガネは、いかにも女医っぽい。

「こちらこそ。妻がお世話になっております」

僕も腰を折って挨拶をした。明子を連れまわすこの人には不満があるが、そこは僕だって大人である。

「あら、明子ちゃん。ワンピース素敵ね」

荒川先生にそう言われて、「そんな」と言いながらも明子は嬉しそうな顔をした。確かに、会場に入ると意外と派手な服装の人が多くて、明子のワンピースはそこに紛《まぎ》れて、それほど目立たなくなっていた。まぁ、今回は結果的によかったのかもな。仲直りのためにもそう言ってやろうかと思って明子に近付いたら、先に、「ほらね。これぐらいでよかったのよ」と可愛くない言い方で、耳打ちされた。舌打ちをしたくなる。

発表会が終わった後、連れて行かれたのは、会場近くのカジュアルフレンチの店だった。とりあえず三人で食前酒で乾杯をした。先生の娘と彼氏は、後からやって来るという。

「明子ちゃんが来てくれるようになって、本当に仕事がしやすくなったんですよ。愛想がよくて患者さんにも評判いいし、仕事も早くてミスもないし。いい奥さんをお持ちですね」

そう言って僕に笑いかけ、荒川先生はオードブルを口に運んだ。おかげで家のことはおろそかになってますよ、と言いたいのをこらえて、僕は適当に愛想笑いを返した。

「だから、来月からフルで来てくれることになって、本当に喜んでいるんです。うちも開業してまだ数年しか経ってないから、それまでは時給しか出してあげられなくて心苦しかったんですけど。だいぶ落ち着いてきたので、やっと正規に職員になってもらう準備もできましたので」

荒川先生の言葉に、僕は「え？」と声を上げた。来月からフル？　正規の職員？　どういうことだ？

僕の顔を見て、「え？」と荒川先生も声を上げる。一瞬の間の後、明子が口を開いた。

「私と交替で来てたパートの方がね、旦那さんの親御さんが病気で、田舎に帰ることになったんですって。だから、私がその人の分も入ることになって……。ちょうどいい機会だから、パートじゃなくて、ちゃんとした職員にしてもらえることになったのよ」

早口にそう言うと、明子は僕の顔を見て笑顔を作った。わざとらしくて、強張っている。

「言ってなかったの？」

荒川先生が、遠慮がちな声で明子に訊ねた。

「最近お互い忙しかったから、ゆっくり話す機会がなくて。先生とも会うし、今日話せばちょうどいいと思ったんです」

僕はこっそりと明子を睨みつけた。明子は気が付いているのだろうが、目を合わせない。僕が反対しにくくするために、先生に間に入ってもらえる今日までわざと黙っていたのは明らかだ。

荒川先生は、僕と明子の顔を見比べて戸惑った顔をしている。

「ごめんなさい。お待たせしちゃって」

気まずい沈黙を破ったのは、女の子の明るい声だった。深緑色のワンピースを着た女の子と濃紺のジャケットを羽織った男が、こちらに近付いて来る。先生の娘と彼氏らしかった。

電車の路線の違う三人とは、改札をくぐったところで別れた。三人の姿が見えなくなったのを確認してから、「どうして黙ってたんだよ」と僕は明子を問い詰めた。先生の娘と彼氏がやって来てから、食事の席は二人の大学生活の話で埋め尽くされてしまったので、適当に相槌《あいづち》を打ちながら僕はずっと苛々していた。

「だって、言ったらあなた、絶対反対すると思って。でも私、働きたかったんだもん。今まで仕事あまりしてこなかったから……。まだ三十だし、今からその分取り返したくて」

ホームに続く階段を上りながら、明子は口を尖らせた。同じ仕種のはずなのに、浜田優理とは違って、まったく可愛らしいとは思えなかった。

「だからって」

だからって、強行突破するのは筋が違うだろう。反対されるとわかっているなら、尚更《なおさら》きちんと相談するべきじゃないか。

「……変わったよな。明子」

溜め息を吐きながら、僕は呟いた。電車が通過する音で聞こえなかったのか、「え？」

と明子が聞き返した。

「変わったよな」

今度は声を張った。

「前は小さなことでも、なんでも僕に相談したし……。買い物したり出歩いたりも、今みたいにしょっちゅうじゃなかったし」

しばらくの沈黙の後、明子は面倒くさそうに口を開いた。

「外で働くようになったら、自分のことは自分で決めるようになるのは当たり前じゃない？　買い物って言ったって、高いブランドものを買い漁《あさ》ってるわけじゃないじゃない。それに、お茶飲んだり映画観たりするのは前からずっと好きだったのよ。一緒にそれを楽しめる友達が近くにいなかっただけで」

『間もなく三番線に、電車が参ります』

ホームにアナウンスが響く。

「それに、変わるのって悪いことなの？　私はそうは思わないけど」

明子は僕の顔を覗き込んだ。

「昔の明子のほうが、僕は好きだよ」

僕も、明子の顔をちゃんと見つめて言った。

「昔の私って？」

明子が溜め息混じりに呟いた。

「先生のところに行く前の私のこと？　私はその頃の自分、好きじゃない。周りに馴染めなくて、体調も崩して、悩んでばっかりだったもの。……消したい過去よ」

電車がホームに入ってきた。周りの人間たちが動き出す。

今のはどういう意味だ？　消したい過去？　確かに、仕事や人間関係で悩んでいるのは可哀想だったけれど、でも。でもその頃、僕と出会って、恋愛して、結婚したんじゃないか。それを消したい、なかったことにしたいというのか？　それは、僕に対してあまりにも失礼じゃないか？

電車の扉が開いた。明子は僕より先に、軽やかな足取りで車輛《しゃりょう》に乗り込んだ。


「桜、満開ですねぇ。お花見行きました？」

資料を僕に手渡しながら、同じ課の後輩の女の子が言う。

「ああ、いや。今年はまだ行ってない」

受け取りながら、僕は答える。

「来週末はもう散っちゃうみたいですよ。私は今日、早めに仕事を終わらせて行こうと思って」

女の子はそう言って、自分の席に戻っていった。確かにここ数日、天気予報でも『東京の桜は今がピークです』と言っている。

だから、日曜日だった昨日。朝ごはんの席で、「お花見、行くか?」と明子を誘ってみたのだ。けれど明子は、「うーん」と唸って渋い顔をした。

「今、私たちの状態、はっきり言ってよくないじゃない? それなのに、そういうイベントごとだけこなすって、ちょっと違う気がする。中身が伴《ともな》ってないのに、表面だけ取り繕《つくろ》ってるっていうか」

その言い種《ぐさ》に腹が立ったので、それ以上なにも言わなかった。確かにピアノの発表会の日以来、僕たちは冷戦状態だった。一緒に家にいても、必要最低限のことしか話をしない。でも、だからこそ僕は、お花見に行けば少しは和《なご》むかと思ったのに。

四年前の春。デートでお花見に行った際に、僕は明子にプロポーズした。

「やっぱり会社、辞めることにした。どうも、私には合わないみたい。新しい仕事探そうと思うけど、でも今度も合わなかったらと思うと、ちょっと怖いな」

明子が暗い声で言うのを聞いて、「だったら、結婚しないか」と言ったのだ。話の流れで勢いではあったけれど、このまま付き合い続けたらいつか結婚するだろうと思っていたので、迷いはなかった。

ただ、雰囲気のいいレストランを予約するだとか、リボンをかけた箱に入った婚約指輪を差し出すとか、そういうプロポーズにふさわしいシチュエーションを用意してやれなかったので、後日、明子にそのことを謝った。

「そんなこと全然気にしてないよ。それに満開の桜の下でプロポーズなんて、レストランや指輪より素敵じゃない？」

明子はそう言って、笑ってくれた。そして、その後恥ずかしそうな顔をしながら、こう言ったのだ。

「ねぇ。来年から、毎年必ず一緒にお花見しよう。どんなに忙しくても、そのときケンカしてたとしても。一緒に桜見て、二人で結婚を決めた日のこと思い出そうね」

そのときケンカしてたとしても――。そう言ったのは自分じゃないか。

思い出したらまた腹が立ってきて、飲んでいたコーヒーのカップを音を立てて机に置いてしまった。隣の席の同僚が驚いてこちらを見る。

「ああ、ごめん」

僕は力なく呟いた。

会社から駅に向かう道の途中だった。

「平井さん」

後ろから、聞き覚えのある声がした。振り返ると、浜田優理が立っていた。

「もしよかったら、飲みに行きませんか?」

大きな目で僕を見上げながら、彼女は言う。僕は慌てて周りを見回した。けれど通り過ぎる人の中に、知っている顔はいなかった。

「ああ、うん。いいけど」

「本当ですか? 嬉しい」

浜田優理が笑った。その笑顔と、彼女が着ている桜色のカーディガンに、僕はつい目を細めてしまった。

「この間、彼氏の相談乗ってくれたじゃないですか? あの後なんだか、すごくすっきりしたんです。だから、お礼が言いたくて」

一軒目のチェーンの居酒屋で、浜田優理はそう言った。僕は必死に、彼女の相談内容を思い出した。交友関係の広い彼氏で、女友達と遊びに行ったりするのが不満だとかなんとか、確かそんなような話だったか。

二軒目のバーで、カクテルを飲みながらとろんとした目で、今度は浜田優理はこう言った。

「我慢してばっかりいないで、私のほうも他に楽しいこと見つけたら？　って、平井さん、言ってくれたじゃないですか？」

言っただろうか。適当に合わせていただけなので思い出せない。

「友達に話したら、その通りだよって言われたんです。浮気までされたのに、優理だけただ泣いて我慢してるのバカみたいだよって」

彼氏には何度か浮気もされた。そう言っていたことはなんとなく覚えている。

「うん。その通りだと思うよ」

適当に頷きながら、『トラブルがあったから遅くなる』と明子にメールを送った。

「だから私のほうも、自由にさせてもらおうかなって思って」

ホテルのベッドに腰を下ろしながら、浜田優理はそう言った。スーツの上着をハンガーにかけていた僕は、手を止めた。

それはつまり――僕は、彼氏への当てつけに利用されるということだろうか。

彼女の言葉にどう反応していいかわからず戸惑っていたら、上着のポケットの中の携帯が鳴った。明子から、さっきのメールの返事だった。『了解』と、一言だけ書かれていた。

残業のときは「お疲れ様」だとか「頑張ってね」だとか、今までは必ず言ってくれていたのに。

浜田優理の方に視線を戻す。彼女は、桜色のカーディガンの一番上のボタンに手をかけたところだった。

まぁ、いいか。さっきの言葉については、深く考えないようにしよう。だって、利害関係は一致している。

僕の視線に気が付いて、浜田優理はこちらを見て笑った。暗がりなのと酔いのせいで、焦点が合いにくかった。そのせいか、なんだか彼女の口許が少し歪《ゆが》んでいるように思えた。


その日の夕食は、手作りのハンバーグだった。つけあわせに、茹《ゆ》でた人参とブロッコリーが載っていて、それ以外にポテトサラダも野菜のおかずとして用意されていた。こんなに手の込んだ献立は久しぶりだ。味もおいしかった。

食べ終わった後、食器を下げる明子に向かって、「ありがとう。うまかったよ」と僕は素直にお礼を言った。台所で「うん」と頷いて、コーヒーの入ったカップを二つ持って、明子はテーブルに戻ってきた。頼んでもないのに、食後にコーヒーを淹れてくれるのも久しぶりだ。

「ねぇ、今日ね。駅で奈央ちゃんと彼氏が、私のこと待ちぶせしてたの。びっくりしちゃった」

コーヒーカップを僕に差し出しながら、明子が言う。

「待ちぶせ？　なにかお母さんに言えない相談でもあったの？」

この間レストランで会った、二人の顔を思い出す。奈央という娘のほうは以前にも明子に会ったことがあるらしく、なついている感じだった。

「ううん。私に言わなきゃいけないことがあるからって。でも、言おうかどうしようかすごく迷ったらしいんだけど。どうするべきかで、彼氏とケンカになったりもしたみたいだし……」

僕の向かいに腰を下ろしながら、明子はぶつぶつと呟く。なんだというのだ。前置きがやたら長い。

「で、なんだったんだよ？」

苛々しながら、僕は訊ねた。

「うん。……あのね、あなた浮気してるの？」

体に電流のようなものが走った。

「奈央ちゃんと彼氏が、先週ラブホテル街で若い女の子とあなたが歩いてるの、見たんだって」

「浮気してるの?」と言われたとき、僕はテーブルの上に置いたコーヒーカップに、手をかけたところだった。そして不自然なその状態のまま、僕は動けなくなってしまっている。目線もテーブルの上に置いたままだ。

「否定しないのね。本当なんだ」

ゆっくりとそう言って、明子は長い溜め息を吐いた。僕は目を瞑《つむ》った。いつもの早口で、勢いよく責められると思ったのだ。

ところが、しばらく時間が経っても、言葉は降ってこなかった。僕はそっと目を開けて、明子の顔を恐る恐る覗いてみた。驚いたことに、明子は目から大粒の涙を流していた。

「本当だったんだ。嫌だ。びっくりしちゃって、どうしていいかわからない」

鼻を啜りながら、消え入りそうな声で明子は言った。そして涙を堪えるためか、上唇で下唇を、そっと噛んだ。その仕種は、とてもいじらしく見えた。知り合った頃、会社に馴染めなくてよく悩んでいたときも、明子はよくこの仕種をしながら、泣くのを耐えていたっけ。

この間の浜田優理の歪んだ口許を思い出した。そして僕は、自分のしたことの愚かさに気が付いた。

「ごめん」

テーブルに着きそうなぐらい頭を下げて、僕は言った。

「ごめん。言い訳のしようもない。僕が悪かった。もう絶対しない」

さらに頭を下げたら、今度は本当に頭がテーブルに着いた。鈍《にぶ》い音がしたけれど、僕はそのまま頭を上げなかった。

「嫌だ、ちょっと、やめてよ。そんなことされても、どうしていいかわからないよ」

明子が焦ったように、僕の肩を揺さぶった。僕はゆっくり顔を上げて、明子の顔をじっと見つめた。そしてもう一度「ごめん」と言った。

指で涙を拭うのと同時に、明子は微かに頷いた。それを見たら、

「今日はもう疲れちゃった。また今度、ゆっくり話し合いましょう」

立ち上がりながら、明子は言った。責めるような口調には聞こえなかった。僕の体は少しずつ緊張から解き放たれていく。

営業部の近くの喫煙スペースに、大崎と木下の姿を見つけた。木下は喫煙台に肘《ひじ》をついて頭を抱えて、その隣で大崎は苦い顔をしている。なにかミスでもしたのだろうか。

そのまま通り過ぎようかと思ったのに、大崎に声をかけられてしまった。仕方なく、

「よぉ」と二人に近付いた。

うなだれて僕の方を見ようともしない木下を目で指して、小声で大崎に訊ねた。

「なにかあったの？」

「浮気されたんだってさ。彼女に」

大崎は呆れ顔で、煙と言葉を一緒に吐き出した。

「こいつが、へらへら遊び歩いてばっかりいるから、彼女から当てつけに仕返しされたみたいよ。で、落ち込んで朝からずっとこんな感じ。外回りの間もずっと上の空でさ。まったくいい加減にしてくれよな」

「まさか彼女に浮気されるとは思わなかったんですよ。で、こんなにショックなもんだとも思わなかった。ああ、もう俺死にそうっす」

だるそうに顔を持ち上げて、木下がだらだらとした口調で言う。

「幼稚園で習っただろ？　自分がされて嫌なことは人にもするなって。子供かよ、まったく。なぁ？」

大崎が同意を求めるように僕を見る。どう返したらいいかわからなくて、僕は無言で苦

笑いだけしておいた。

「でも、ゆうちゃんも可愛い顔して、怖いねぇ。もう一生頭上がらないな、おまえ」

タバコを灰皿に押しつけながら、大崎が言った。

「……ゆうちゃん?」

そう訊ねる僕の声は、少し震えていた。

「そう。この間食堂で会っただろ? あの、可愛い子。こいつの彼女なんだ、あの子」

「……へぇ。ごめん、課長に呼ばれてるんだ。また」

必死で平然を装って、僕はまわれ右をした。

「おお、そうか。悪かったな」

大崎が立ち去る僕に向かって手を上げた。木下の方は見ないように、僕は足早にその場を去った。


明子が離婚届をテーブルに広げたのは、それから数日後のことだった。

最初、それが離婚届だということがわからなかった。なにかに似ている。ああ、そうか。四年前に書いた婚姻届に似ているのだ。でも、あれは茶色の用紙だった。これは緑色だ。じゃあ、つまり離婚届か。そんな風に段々と理解した。

「どうして?」

やっとの思いで、そう声を絞り出した。この間「ごめん」と言った後に、頷いてくれたじゃないか。今度ゆっくり話し合おう。そう言ったじゃないか。あれは、やり直すための話し合いという意味じゃなかったのか?

「浮気しておいて、どうして? もないでしょう」

明子はそう言って、鼻をふんと鳴らした。この間唇を噛んだときの明子とは、別人のようだった。

「浮気は、本当に悪かった。でももう絶対に……」

「まぁでも、なんて言うか、浮気はきっかけよね」

明子が僕の言葉を遮る。意味がわからなかった。

「すれ違ってたじゃない、私たち。もうダメだったのよ、どのみち。お互いのためにも、離婚するのが一番いいと思うの」

確かにすれ違ってはいた。でも離婚しなければいけないほど、深刻なものではなかったはずだ。少なくとも僕はそう思っていた。

『続いてはお花見情報です』

テレビから天気予報が聞こえてきた。こんなときにまで、どうして家ではテレビが点いているのだろう。

『今年の桜前線は、本当に駆け足でしたね。今現在もまだ桜が咲いているところは、東北の一部と北海道の……』

桜前線――。確か浜田優理と最初に寝た日の次の日に、今年初めての桜前線の情報を聞いた。あの日からだと思う。僕と明子がすれ違い始めたのは。まだほんの少し前、ついこの間のことじゃないか。

「浮気をした僕に、こんなことは言えないのかもしれないけど……。でも、六年も一緒にやってきたんだぞ？　それを、ここのところ少しすれ違ってただけでなかったことにするのか？　そんなの……」

「ここのところ、少し？」

明子はまた僕の言葉を遮った。

「なに言ってるの？　もう、ずっと前からすれ違ってたじゃない、私たち」

そしてまた、鼻を鳴らしてみせた。

「私がなにを話しても、あなたはいつもちゃんと聞いてくれてなかったでしょ？　無言で相槌打つばっかりで」

それは返事をするヒマがないほど、早口で明子が話すからだと思う。

「家事だって、手伝ってくれなかったし。挙句に私が手抜きしてるなんて言うし」

僕にあてがわれた分は、きちんとやっていた。明子の分は、遊び歩いたりしなければもっと完璧にやれたはずだ。

『今日のゲストは、ゆうちゃんでーす！　いやぁ、随分大人っぽくなったねぇ。今、ドラマでは気の強いＯＬ役だよね？　今までのゆうちゃんのイメージとは、随分違うよね』

テレビではトーク番組が始まったらしい。司会者の芸人が放つテンションの高い声がリビングに響く。

『はい。最近よく、変わったねって言われます。女優としては嬉しい言葉です。どんどん色んな役をやって、いい風に変わっていきたいです』

「あなたは昔の私が好きって言うけど、私は嫌いなの。これからも、どんどん変わっていきたいの」

しばらくの間の後、明子がまた口を開いた。だからって、僕との時間を「消したい過去」だなんて言うのはどうなのだ。

「話したことあったっけ？　荒川先生が離婚したのはね、旦那さんが先生にこうあって欲しいって思う姿と、先生が自分はこうありたいって思う姿が違ったから、なんだって」

よその夫婦と比べてどうするんだ。大体なんだ。いつも、先生先生って。

「色んなことが、すれ違っちゃってるのよ、私たち。もう無理よ。あなたは、もう三十としか思えない人なんでしょう？　私はそんなの嫌。まだ三十って思いたいの」

なんだ、それ。そんなことが、離婚となんの関係がある？

『もう今年、二十歳になるんだっけ？　びっくりだよね。あのゆうちゃんが、もう二十歳？』

『もう二十歳じゃなくて、まだ二十歳って言ってくださいよー』

明子が急に、テレビの方に顔を向けた。僕もつられてしまう。

「雰囲気変わったわよね、この子。昔はそんなに好きじゃなかったけど、最近はいいなぁって思うようになったわ」

明子が言う。画面には、気の強そうな女の子が映っていた。誰だっけ、この子。知らない子だ。僕の好きだった、ゆうちゃんじゃない。

「ねぇ、どうして黙ってるの？　私たち今、離婚の話し合いしてるのよ？　黙ってちゃ話が進まないじゃない」

テレビから僕の方に視線を戻し、明子が苛立った声で言った。

「なにも言えないのかな。浮気した身じゃね」

僕も明子の方に視線を戻した。得意気な顔をして、明子は腕組みをしていた。背中を反らせているので、わずかにだが、僕を見下ろす姿勢になっている。

この女も、一体誰だっけ。こんな偉そうな態度を取って、なんだかよくわからない理屈を早口に並べ立てる、人を馬鹿にしたように鼻で笑う女なんて、僕は知らない。

目の前の女が、緑色の紙をずいっと僕の方に押しやってきた。「書け」と言っているらしい。

テーブルの隅に置いてあった、ボールペンを手に取った。さっきまではっきりと見えていたのに、「離婚」という緑の文字が、何故だろう、今は滲んで見える。

ボールペンのキャップをゆっくりと外した。目の前の女の口許がいやらしく歪んだのが、視界の端に映った。その光景も、やっぱり何故か滲んで見えた。

Scene 4

水色の空

どうしてそんなことをしてしまったのかはわからない。私はその日、盗みを働いた。

盗んだのは、傘だ。やわらかな水色で、布の縁《ふち》に白いレースがあしらわれている可愛らしいデザイン。でも安物なことは、一目見ればすぐにわかるような代物《しろもの》だ。住宅街の大型ショッピングセンターに入っている雑貨屋で売っていそうなもの。いや、もしかしたら百円ショップのものかもしれない。

健一《けんいち》に頼まれて会いに行った女の子との話し合いを終え、彼女より一足先に店の外に出たときだった。扉のすぐ前に置かれていた傘立てに、足をぶつけた。黒くて背の高い傘が二本、コンビニ傘が一本、それと、その水色の傘が一本入っていた。

店内に、私が会っていた彼女以外に若い女の子の客はいなかった。だから、その水色の傘が彼女のものだということはすぐにわかった。

「すみません。通りたいんですけど」

後ろからかったるそうな声が聞こえた。振り返ると、若い男の子二人組が立っていた。ビルの二階の古着屋から出てきたらしい。ビルの出入口までの通路は狭くて、私が邪魔になっているようだ。

「ごめんなさい」

頬の筋肉を動かし目一杯口角を上げ、私は彼らにほほ笑んだ。私がこの笑顔を向ければ、大抵の相手は見とれてたじろいでしまうことは子供の頃からよく知っている。

案の定彼らは一瞬ひるんだ表情になり、そのあと二人で顔を見合わせて「ああ、いえ」とか「いや、どうも」とか口ごもりながら、私の脇をすり抜けて行った。

彼らの背中を見送りながら、私はそっと水色の傘を手に取った。誰も見ていないのに、自然さを装いながらビルの外に出た。一体どうしてそんなことをしたのだろう。私は傘を持ってきていなかったけれど、雨はもう降っていない。少し歩けば地下街に入れるし、現に来るときは小雨が降っていたけれど、そこを通って濡れるのを避けてきたのだから、傘が必要だったわけでは決してない。

自宅に向かう電車の中でも、人の視線が気になって仕方なかった。今日の私はブランド物のオレンジ色のワンピースに、髪を巻いて、念入りに化粧もしている。そういうとき、人から視線を浴びるのには慣れっこだけれど、今日はこの私の容姿と不似合いの傘を、みんなが不審がって見ているのではないかと思って落ち着かなかった。

家の前に、青いポルシェが停まっていた。健一のものだが、運転席に姿はない。玄関の扉を開けると、リビングの方から健一と明子の話し声が聞こえてきた。慌ててそっと玄関を出て、庭を通って裏口にまわった。足音を立てないように注意しながら、二階への階段を上る。水色の傘を自分の部屋に急いで放り込んで、また慎重に階段を下りた。私はなにをやっているんだろうと、心の中で呟きながら。

「お帰り。早めに着いちゃったから車停めて待ってたら、明子ちゃんが帰ってきてさ。お茶、淹れてもらってたところ」

改めてリビングに入って行った私に、コーヒーカップを手にした健一が言う。「そう」と返事すると、明子には見えないように、そっと目配せを送ってきた。「どうだった？」と聞かれているのがわかったので、こちらも目配せで「大丈夫よ」と答えておいた。

「お姉ちゃん、健一さんとご飯食べにいくんだって？ そういうことは言っておいてよ。お姉ちゃんの分も夕食の材料、買ってきちゃったわよ」

健一の向かいでコーヒーカップを両手で抱えながら、明子がぼやく。

「ごめんね。俺が誘ったから」

「健一さんは悪くないですよ。何日も前から決まってたんでしょう？ お姉ちゃんが言わないから悪いんです。まったく、作るほうのことなんて全然考えてないんだから」

「うるさいでしょう？ この、出戻り妹」

大げさに首を竦《すく》めて笑いながら言ってやると、「ちょっと、純子《じゅんこ》。そんな言い方」と健一が慌てた。

「いいんです。離婚したのは、本当だから」

余裕の表情で明子が言う。

「でも、出戻りって言い方はやめて欲しいけど。他に行くところがなくて仕方なく来たわけじゃないもの。お父さんたちの面倒を見るために帰ってきたの。お姉ちゃんも、もういい歳なんだから、いつまでも遊び歩いてないで……」

「あー、もううるさい、うるさい。健一、早く行こう」

明子の小言を遮って、私は健一の腕を引っ張った。

「じゃ、ちょっと行ってきます」

私たちのやりとりに苦笑いしつつ、健一が立ち上がる。

玄関で靴を履いていると、両親が帰ってきた。父親が二年前に定年で仕事を辞めてから、夕食前に二人一緒に散歩に行くことを日課にしている。

「こんにちは。ちょっと純子さんお借りしますね。食事に行ってきます」

「あら、健一君、来てたのね。いつも純子と遊んでくれてありがとう」

母親が靴を脱ぎながら、健一に話しかけた。今はマンションを借りて一人暮らしをしているが、健一の実家はここからすぐ近くだ。私たちは同い年の幼馴染みである。

「健一君、もういっそのこと純子を嫁にもらってやってくれないかな。一人はいつまでも結婚しないし、一人は出戻ってきちゃうし、まったくまいっちゃってるんだよ、うちの娘たちには」

今度は父親が、苦笑いしながら健一に向かって言う。健一は二人に向かって、「はは。そんなこと言われちゃうと、僕もまいっちゃうな」と愛想のいい笑顔を向けた。私の口角を上げる笑顔と一緒で、他人に好印象を与えたいときの健一のお決まりの顔だ。

健一のポルシェは、いつ乗ってもミント系の心地よい匂いが漂《ただよ》っている。それは健一自身が付けている香水の匂いと混じっても、決して嫌な匂いにならない。きちんと計算しているのだ。

「なんか明子ちゃん、昔より明るくなったよね。もっと大人しいって言うか、ちょっとおどおどしたところがある子だったのに」

エンジンをかけながら、健一が言う。

「本当、そうなのよ。明るくなったって言うか、口うるさくなったって言うか」

私と明子は、子供の頃から似ていない姉妹だった。明子は、外見も性格もこれと言って目立つところのない地味で大人しい子で、二人一緒にいると、親戚や近所の大人たちによく言われたものだ。

「あらぁ、お姉さんはお目目ぱっちりの美人さんね」と、私が。

「妹さんは、真面目でいい子そうね」と、明子が。

短大を卒業してOLになって、二十四歳のときに明子は結婚した。相手は意外性もなく、真面目でいい人そうなところだけが取り柄の、男性版の明子みたいな人だった。すぐに子供を産んでお母さんになり、きっとこの子は平凡な人生を歩むのだろう。両親も私も疑うことなくそう思っていたけれど、二年前にその予想は裏切られた。離婚したのだ。

原因が旦那さんの浮気ということだったので、さぞかし落ち込んでいるのではと思ったのに、「浮気はきっかけに過ぎないわ。お互いの前進のために離婚したの」と明子はなんだか妙に自信ありげな顔で語った。それからしばらく、受付として働いている個人病院の女医さんと、本人曰《いわ》く「見聞を広げるため」のヨーロッパ旅行だの観劇や美術館巡りだので、一人暮らしをしながらなんだかとても忙しそうに、でも楽しそうに動き回って、三ヵ月前に急に「そろそろ親も歳だから、面倒見ないと」と言って我が家に戻ってきた。そして私に、「三十四にもなって料理の一つもできないのはどうなのよ」とか、「将来のための貯金はちゃんとしてるの？　実家を出たことがないから、生活するのにどれぐらいお金がかかるか知らないでしょう？」と知ったような口ぶりで説教を繰り返すようになった。

「離婚して元気になるなんて、おかしな話よね」

私の言葉に「確かにね」と頷きながら、健一は右折のウィンカーを出した。車は交差点の真ん中で停まっている。また小雨がぱらついてきた。フロントガラスに滴《しずく》が落ちる。盗んできた傘のことが頭をかすめた。

「でも、あれじゃない？　酸いも甘いも知って、しっかりしたってことじゃないの？」

健一の言葉で我に返った。明子の話の続きらしい。

「そうなのかしらね。本人もそんなようなことは言ってたけど」

色々経験して、私、人間として成長できたような気がするの、とかなんとか。

耳ざわりなクラクションの音が響いた。健一が車を右折させたのに対し、直進しようとしていた対向車が文句を言ったのだ。

「なんだよ。今のタイミングなら行けるだろ」

健一が、運転席で舌打ちをする。私は助手席から左斜め後ろに顔を向けて、クラクションを鳴らした車の運転手に、「すみません」の意味で例の笑顔を送った。遠ざかっていく車の運転席で、五十代ぐらいの男の人が、戸惑った顔をしながら会釈を返してきた。

健一が連れて行ってくれたのは、ショッピング街にあるスペイン料理のレストランだった。初めは壁際の席に案内されたが、メニューを見ているときにウェイターがやってきて、「予約のお客様がキャンセルになったので、よろしければあちらのお席でいかがですか？」と、窓際の席に移動させてくれた。高級ブランド服の路面店が立ち並ぶ通りに面している席だ。舗装された並木の緑が街灯に照らされていて、景色がいい。

「感じのいい店ね」

私はスパークリングワイン、健一はノンアルコールのカクテルで乾杯をした。

「うん。部長に教えてもらったんだ。奥さんの最近のお気に入りなんだって」

健一は大学病院勤務の眼科医である。ルックスの良さに加えて愛想もいいので、昔から男女や世代を問わず、誰からも好かれる存在だ。眼科部長とその奥さんにも可愛がられているらしく、よく話に出てくる。

「ところで、どうだった？　翔子《しようこ》ちゃんは」

健一が声を潜めて聞く。このままその話はせずに流してしまえないだろうかと思っていたのに、やはりそうはいかないらしい。翔子ちゃんというのは、私が夕方会っていた女の子。あの水色の傘の持ち主だ。

「大丈夫よ。もう健一には、二度と連絡しないって約束してくれたわ」

「そっか。よかった」

「うん」

「……え？　それだけ？」

健一が私の顔をじっと見る。

「それだけって？」

「だっていつもは、『最低』って涙目で言われたとか、わけわかんないこと怒鳴られたとか、面白おかしく話してくれるじゃない」

「面白おかしくって……。人聞きが悪いわね。だって、今日の翔子ちゃん、だっけ？　大人しくて真面目そうな子だったし」

「そうそう、真面目ないい子なんだよね。だから最初はいいなって思ったんだけど、まだ二十三だから歳も離れてて話合わないこと多いし、若いうちはもっといっぱい恋愛してもらったほうがいいと思ってね。俺なんかにとらわれてないで」

「どの口が」と言ってやろうかと思ったけれど、呑み込んでワインを口に付けた。炭酸が舌の上で弾《はじ》ける。

健一は昔からすぐに、女の子とそういう関係になる。でも、不特定多数の女の子と広く浅く付き合うのが楽しいらしく、特定の彼女を作ることはしない。けれど関係を持った女の子の中には自分は「彼女」なんだと思ってしまう子もいて、そういう子とはややこしいことになる前に縁を切る必要があり、その度に私が駆り出される。私は健一の「長年付き合っている、多少の浮気には目をつぶることもできる彼女」であり、「だから、あなたとのことは遊びなのよ。悪いことは言わないから深みにはまる前に、あんな男とは手を切りなさい」と彼女らを説得に行くのだ。

そんな風に会いに行った女の子は、今日の翔子ちゃんで何人目だろう。五人？　六人？　覚えていない。最初は健一がまだ研修医の頃だった。もう十年以上も昔の話だ。

もちろん私だって、最初から喜んで引き受けたわけではない。罪悪感だってあった。ただ最初の女の子は、毎日何回も健一に電話をかけてきたり、電話に出ないと職場の前で待ち伏せしていたりと、元は健一が悪いとは言え、同情させられるところもあったので、仕方なく引き受けた。「純子みたいな圧倒的美人が相手だと、戦意喪失すると思うんだよね」という健一の調子のいい言葉が、悪い気分じゃなかったというのもある。

事実、いつもより念入りに髪を巻いて化粧をし、そのとき持っていた服の中で一番派手なものを着て会いに行った私に、その女の子は一瞬で戦意喪失したらしく、話し合っている間中、ただひたすら「はい。わかりました」と涙目で繰り返すだけだった。健一は味を占《し》めて、その後も何度も、そのうちに別れ話をするのが面倒くさいからと、まだ相手の女の子がややこしい言動を起こす前から、いきなり私に「別れてくれ」と言いに行かせるようにもなった。今日の翔子ちゃんもそのパターンだ。

女の子たちの態度は大体、二種類。最初の子のように、肩を落として、ひたすら「はい」と涙目で繰り返すか、「あんたも健一さんも最低！」「不幸になれ！」などと、キレて大声で騒ぎ出すか。ただ後者の場合も、彼女らは大抵涙目であり、キレていようと勝者と敗者の構図は、きっと傍《はた》から見たら明らかである。

懲《こ》りずに何度も同じことを繰り返し同じ頼みごとをしてくる健一を見捨てず、毎回引き受けてあげるのは、その構図を実感できるからかもしれない。いやらしいとは思いながらも、優越感を得られることが、罪悪感に勝ってしまう。女の子たちとの話し合いを終えた後に、必ず健一が今日のような高級な店へ食事に連れて行ってくれたり、服や靴を買ってくれたりするのも楽しいし、「さすが、純子」と称賛の言葉をくれるのも心地よい。

「この間、京子《きようこ》に会ったのよ。覚えてる？」

話を翔子ちゃんから逸《そ》らしたくて、私は別の話題を出した。

「京子ちゃん？　覚えてるよ。何度か一緒にスキーに行ったよね。結婚したんだっけ？」

「そう。子供もいて、もう来年小学生だって。昔は結構、話題豊富な子だったじゃない？

流行りものに敏感で。それが食事の間中、ひたすら子供の話しかしないの。すっかりお母さんになっちゃってた」

「ああ、わかる。子供が生まれるとみんなそうなるよね。俺もこの間、高校の同窓会に行ったんだけど、どこの学習塾がいいとか、みんなそんな話ばっかりでついていけなかったよ」

「子供の話は仕方ないんだけどね。化粧とかオシャレをまったくしなくなっちゃってて、実年齢よりもだいぶ老けて見えたの。なんか、友達として哀しくって」

日本中が好景気だった頃に私たちは学生だった。もう二〇〇〇年代も半ばだなんて信じられない。

「でも京子ちゃんって、元々地味顔に無理矢理派手なメイク塗ったくってる感じの子じゃなかったっけ？　純子と比べるのは酷《こく》だろ」

健一がいたずらっぽく笑って、メインのロースステーキにナイフを入れた。

「地味顔に無理矢理って。失礼ね。でも私は結婚してもお母さんになっても、綺麗でいるのは忘れたくないって思ったの」

たしなめつつも健一の言葉にちょっといい気分になって、私もステーキにナイフを入れた。

「うん。俺も、身なり気にするのは忘れずにいたいな。いくつになっても」

健一が頷く。

会計を済ませて店を出ようとしたときだった。

「おや、高木《たかぎ》君」

入れ違いに店に入ってきた老夫婦の旦那さんが、健一に声をかけた。

「これは、どうも。お勧めしてもらったので、早速来てみました。こちら僕の幼馴染みで、坂下《さかした》純子さんです。純子、ここを教えてくれた部長と、その奥さんだよ」

「こんばんは」

例の笑顔を作りながら、私は二人に挨拶をした。蒸《む》し暑い外の気候に合わせて、部長夫婦は軽装だった。でも身に着けているもの全てが上等なものであることは、質感からわかる。

「あら、お綺麗なお嬢さんで。幼馴染みなの？　本当は彼女じゃないの？　高木君」

奥さんがそう言いながら、さりげなく上から下まで私を観察する。

「いえいえ、違いますよ」

健一は笑いながら、顔の前で手を振った。

店の奥に去っていく二人の姿を、私は最後まで笑顔を崩さずに見送った。

家に帰ったら、両親はもう寝ているらしく、一階は静まり返っていた。でも二階の明子の部屋にはまだ電気が点いている。また「こんな遅くまで」とか小言を言われたら面倒なので、さっきと同じく足音を立てないように、そっと階段を上って部屋に滑り込んだ。

部屋の真ん中に、翔子ちゃんの水色の傘が転がっていた。そうだった。どうしよう。しばらく考えた末に、クローゼットの奥にとりあえず押し込んでおいた。

今日はあの後、何度か雨が降ったり止んだりを繰り返していた。翔子ちゃんは濡れずに家に帰れただろうか。


階段を下りていくと、バターの匂いが鼻をついた。軽く溜め息を吐く。今日は明子が朝食を作っているらしい。シフト制勤務の明子は、遅番の日は朝食を、早番の日は夕食を、母親に代わって作るようになった。もちろん、「お姉ちゃんも少しはやりなさいよ」と小言を言いながら。

母親の朝食が和食のみなのと対照的に、明子の朝食はフレンチトーストや、ホットドッグなどの洋食が多い。最初のうちはこれはこれでいいかとも思ったけれど、すぐに焼き魚やお浸《ひた》しなどの、質素な朝食が恋しくなった。三十四年間ずっとそういう朝食を食べてきたのだから、無理もない。習慣はそう簡単には変えられない。特に昨夜のようにこってりした物を食べた翌日に、バターの匂いたっぷりの朝食はきつい。

今日のメニューは、トマトの入ったスクランブルエッグらしい。キッチンでフライパンに向かっている明子の傍らで、両親はテーブルに着いている。父親は新聞に、母親は所在なさげに、ぼおっとテレビに目をやっている。歳を取っているとはいえ、まだ健康そのものの専業主婦から仕事を奪って、かえって老化を早めてしまうのではと明子は考えもしないのだろうか。

『CMのあとは、あの人の熱愛の話題です』

テレビでは、ワイドショーがかかっていた。スーツの男性アナウンサーが笑顔でそう言ったあと、勝気そうな眼差しが印象的な女の子の顔が一瞬大写しになった。

「誰だっけ？　今の子」

母親が隣に座った私に話しかけた。テレビ画面には既に女の子の顔はなく、自動車のCMが流れている。

「女優だよね。名前は忘れちゃった。昔、ドラマでゆうちゃんって役やってた子じゃない？」

「え？　熱愛って、ゆうちゃんが？　本当？　誰と？」

明子がわざわざフライパンの火を消して、テレビの前にやってきた。調理はまだ途中のようだ。卵が中途半端に固まってしまうんじゃないか。母親も同じことが気になったらしく、フライパンに目をやって顔をしかめている。

「あんた、ゆうちゃんのファンだっけ?」

私の問いに、「うん。ゆうちゃん役の頃は、そうでもなかったけど」と明子は答えた。

「ほら、元気なOLの役やってたでしょ? あの頃から」

「それ、知らないなぁ。昔の辛気くさいドラマしか覚えてない。それがゆうちゃんだっけ」

「辛気くさい、って」

明子がそう言って、鼻で笑った。母親も笑っている。

「辛気くさかったじゃない、あのドラマ。親が離婚して学校でもいじめられて、可哀想なのに私が悪い、私、頑張る、みたいな? この子自身も、そういうイメージあるなぁ。イベントでストーカーに襲われたことなかったっけ? あのときも、私よりも皆さんに迷惑や心配かけたことが辛くてとか言っててさ。絶対に汚れない優等生って感じで、あんまり好きじゃないな」

ＣＭが明けてまたゆうちゃんの顔が大写しになったのを見ながら、私は言った。

「優等生のなにがいけないのよ。若いのにしっかりしてるのよ、ゆうちゃんは。演技だってうまいって評判なんだから。それを嫌いって、ひねくれ者よねぇ、お姉ちゃん」

明子がまた私のことを鼻で笑う。

「へー、この人と熱愛なんだ。カッコいい俳優だなぁって思ってたのよ。いいねぇ、お似合い」

この間までドラマでゆうちゃんの兄の役を演じていた、三十歳の俳優がお相手らしい。

「ゆうちゃんは二十二歳だから、八つ差かぁ」

明子が呟いた。

テレビには、車に乗り込もうとしているゆうちゃんに、レポーター達がマイクを向ける映像が映っていた。ゆうちゃんはそれを交わしながらも、やんわりとした笑顔を浮かべている。その顔がまた、「感じ良い」「可愛い」と言われそうな絶妙な感じで、なんだか私は白けた気分になってしまった。

出演者たちが勝手なコメントを述べたあと、話題は「都内激安ランチ特集」に移った。

明子がキッチンに戻って行く。

「さっきの俳優って、前にあんたと同じぐらいの歳の女優と付き合ってるって、噂になってなかった？　どこかで見たことあると思ったのよ」

母親が私に訊いてきた。

「そう言えばなってたね。二年ぐらい前だっけ。私より二つぐらい上じゃないかな、あの女優。それで年下の男の人と付き合うの、流行ったりしたわ」

当時隣の課の同期が、四つ年下の男の人と結婚して退職して行った。そのときに、「あの女優も年下男だし、私も便乗しちゃった」と笑って言っていたっけ。

「でしょ？　そっちとは別れたのかしら。二年も経ってるしね」

確かに二年経っていたら別れていてもおかしくはない。でも前は五歳か六歳上の女優で、今度は八歳下のゆうちゃんとは。ちょっと相手の男、見境ないんじゃないの？　ゆうちゃん大丈夫かしらね。そう言ってみようかと思ったけれど、お皿を持った明子がこちらに近付いてきていたので言葉を呑みこんだ。またひねくれ者とか言われたら、たまらない。

やっぱり中途半端に卵の固まった、バターの匂いがきつく漂うスクランブルエッグを私は大人しく頂いた。

私は家電メーカーの総務課で働いている。今年で十四年目だ。課内の女子社員では一番社歴が長い。それをいいことに、昼休みは少し早目に会社を出た。職場はオフィス街の真ん中にあるので、十二時になってからランチに出てはどこの店も既に満席なのだ。

母親が朝食を作ってくれるときは、お弁当も持たせてくれたのに、明子が作る日はそれもなくなってしまった。まったく明子が帰ってきて、いいことはなにもない。

和風パスタがおいしい店に向かった。朝食がこってりしていたので、昼はさっぱりにしたかったのだ。早めに出たのに、私の前に並んでいたOL二人組が入った時点で、「すみません。満席です」と言われてしまった。思わず舌打ちをしそうになる。

「あれ？　坂下さんじゃない？　おーい」

店の奥の方のテーブルから、私の名前を呼んで手を振るサラリーマンの姿があった。男性三人組だ。最初、「誰？　あのおじさんたち」と思ったけれど、よく見たら営業課の同期三人組だった。

「あの人、連れです」

そのうちの一人、確か名前は小林《こばやし》君が、店員にそう言って私を招き入れてくれた。

「久し振り。坂下さん、変わんないなぁ。相変わらず綺麗。元気だった？」

「おかげさまで。今日はどうしたの？　三人そろって」

営業課のオフィスは隣町である。

「こっちで午前中会議があったんだ。岩本《いわもと》、注文決まった？　店員さん呼んでいい？」

「俺はＯＫ。大沢《おおさわ》もいい？　坂下さんは？」

小林君、岩本君、大沢君。上手く三人の名前を確認させてもらうことができた。ばれないように一人ずつに視線をやって、この人が岩本君で、と確認をする。

入社した頃は結構三人とも遊び慣れていて、それなりにカッコいい感じだったのに、すっかりくたびれたサラリーマンになり下がってしまっている。そう思うと、同い年なのに健一はやっぱり手を抜いていない。もちろん元々のルックスの良さもあるけれど。

「すごいなぁ、この辺りは。この時間帯でこんなに混んでるんだね」

どんどん増え続ける店の前の行列を見て、大沢君が言う。その行列の中に鈴木美香《すずきみか》を見つけた。総務課の後輩である。

「知り合い？」

彼女の方に視線を向けていたら、小林君が訊いてきた。

「ああ、うん。後輩」

「呼んであげたら？　あそこのテーブル、椅子余ってるから借りればもう一人座れるよ」

別にいいよ、と言おうとしたのに、岩本君が椅子を借りに向かってしまった。仕方なく行列の中の鈴木美香に、「鈴木さん。よかったら、こっち」と手を振った。

鈴木美香は、遠慮がちにこちらに近付いてきた。見知らぬ男性三人組を見て訝《いぶか》しげな顔をしているので、「営業課の同期なの」と説明をする。

「そうなんですか。じゃあ遠慮なくお邪魔していいですか？　坂下さんのファンクラブか親衛隊かと思っちゃって。だったら遠慮しようと思ったんですけど」

愛想のいい笑顔を浮かべて、鈴木美香はそう言った。人懐っこい子なのだ。

「親衛隊って」

男性三人組が一斉に笑う。

「えー、だって坂下さんならあり得そうじゃないですか？　お綺麗だから」

「確かに入社式のときには、あの子誰だってみんなで騒いだよなぁ」

大沢君の言葉に「そんな」と笑って、私は顔の前で手を振った。ゆうちゃんじゃないけれど、こういうときはやんわりとした笑顔を浮かべて、こうするしか他に方法がない。

「そんなに沢山、同期がいるんですか？」

鈴木美香が三人の顔を見回す。

「僕たちの代は、全部の課を合わせたら五十五人、いや、五十六人だったかな？」

「すごーい。私の代なんて、開発部に男の子一人と、私の二人ですよ？」

「氷河期世代？　俺たちバブル世代だから」

「あー、氷河期世代は大変だよね。うちの課も、そこだけすっぽり人いないもんな」

「じゃあ今いくつ？　二十七、八ぐらい？」

「二十六です。今年、七」

「ひえー、二十六だって。若いなぁ。お父さんいくつ？」

「おい、小林。若い子にお父さんの歳聞くのって、おっさんの証拠らしいよ」

鈴木美香と男性三人は、私をほったらかして勝手に盛り上がっている。

「バブルの頃って、入社式に海外旅行連れていってもらえたって本当ですか？　前にテレビで観たんですけど」

「うちはなかったけど、友達の会社ではあったって言ってたな。でも、内定が何個ももらえるのは普通だったよね」

「あと面接さぼって行かなくても、向こうから日付変えてあげるから来てって言われたり」

「信じられない。羨ましいです。私たちなんて、受けても受けてもひたすら落とされまくりでしたよ」

私の頼んだ和風ツナパスタが運ばれてきた。鈴木美香がこちらを見る。

「坂下さん、最近お弁当じゃないこと多いんですね。前は毎日持ってきてたのに」

「うん。たまにはサボって、おいしいランチを食べに行くのもいいかと思って」

まさか前は母親が毎日作ってくれていたけれど、今は妹と代わりばんこだから作ってもらえない日があるとも言えない。

「坂下さん、お弁当なんて作るんだ？　美人で家庭的なんて完璧だね。うちの奥さん、お弁当作ってくれたことなんてないよ」

「お前のところは共働きだから、まだいいじゃん。うちなんて専業主婦なのに作ってくれないぞ」

適当に男性陣の話に頷きながら、私はフォークを手に持った。

「本当に坂下さんはすごいんですよ。お化粧も完璧だし、マニキュアもいつも綺麗ですよね。私、就職してからマニキュアなんて塗ったことないなぁ。化粧も適当だし」

鈴木美香がフォークを持つ私の手の爪を眺めながら言った。私はまた、適当に愛想笑いを返した。

会計をするときに、財布を出した私と鈴木美香に向かって、男性陣が「いいよ、いいよ」と言ってくれた。私は笑顔で甘えることにしたが、鈴木美香は「え、だめですよ」と千円札を財布から取り出した。

「だって私部署も違うし、今日お会いしたばっかりだし」

「いいって、いいって。だって女の子だし」

小林君のその言葉に、鈴木美香はいつまでも腑《ふ》に落ちない顔をしていた。

夕食の後、明子と母親と三人で、観るともなしにテレビのニュースに目をやっているときだった。机の上に置いてあった、明子の携帯が鳴った。明子は跳《は》ねるように立ち上がって、携帯を手に廊下へ出て行った。

「ねぇ、なにか聞いてる？」

明子がリビングの扉を閉めるのを見届けてから、母親が私に耳打ちした。

「なにかって？」

「電話、平井さんからじゃないかと思うのよ。この間もかかってきてたの。画面に出てた名前が見えちゃったのよね」

「そうなの？　どうして今さら？」

離婚した、明子の元旦那さんである。

「でしょう？　だから気になって。でもこの間、盗み聞きしたわけじゃないんだけど、ちょっと声が聞こえたのね。その感じからすると、険悪そうではなかったんだけど」

「じゃあ、ヨリが戻ったとか？」

「どうなのかしら？　浮気は許されないけど、平井さんなら何度も繰り返したりはしないだろうし、このままずっと家にいられるよりはそのほうがいいかしら？　一度別れた相手とまたってのは、周りの目が気にはなるけどね」

「そうねえ」

「他人事《ひとごと》みたいに聞いてるけど、あんたもいつか出ていってよ。付き合ってる人、いないの？　私の時代だったら、とっくに嫁き《い》遅れって言われてる歳よ」

話の矛先《ほこさき》がこちらに向いてしまった。溜め息を抑えながら、「機会があったら、明子に聞いておくわ」と言ってリビングを出た。

廊下に出ると、ちょうど明子が電話を終えるところだった。

「わかった。……うん。じゃあ、またね」

確かにその話しぶりから、険悪さは感じ取れない。

「電話、平井さんなの？　お母さんが気にしてた。画面の名前が見えちゃったんだって」

早速、そう訊ねてみた。すると意外にもあっさり、明子は「うん」と頷いた。

「少し前に向こうから連絡があってね。それから時々、電話してる」

「ヨリが戻ったの？」

「そんなんじゃないわよ。元気？　とか、最近なにしてる？　とか、近況報告してるだけ」

「ヨリが戻ったわけじゃないのに、そんなのおかしくない？　だって、離婚してるのに」

少ししつこいかとも思ったが、突っ込んで聞いてみた。

「そんなことないわよ。憎み合って別れたわけじゃないんだから。時間と距離を置いて、新しい関係が生まれることだってあるわよ」

明子は語気を強めてきた。

「お姉ちゃんには、そういうのわかんないか。健一さんや、男友達にはチヤホヤされてるみたいだけど、真剣に付き合った男の人なんかいなそうだもんね。私たちに紹介してくれたこともないし。いい歳してどうかと思うけど」

その言い方が癪《しゃく》に障って、私も語気を強めた。

「なんなのよ、あんた。帰ってきてから、そうやって私に小言ばっかり」

「だって、本当のことでしょう？」

「おい、お前たち。なにを言い合いしてるんだ。みっともない」

頭にバスタオルを被った父親が、お風呂の脱衣所から顔を出した。

私は黙って、その場を後にした。部屋までの階段を、わざと音を立てて上る。下の方から、「だってお姉ちゃんが」と父親に向かってぼやく明子の声が聞こえてきた。

「坂下さん、ちょっといいですか？」

帰り支度をしているときにそう声をかけてきたのは、後輩の野村雪子《のむらゆきこ》だった。鈴木美香の一年先輩社員である。

「坂下さんって、彼氏います？」

「どうしたの、急に」

「この間、飲み屋でお会いしたじゃないですか？　あのとき、私のグループにいた緑色のTシャツ着てた男の人、覚えてません？」

記憶を辿《たど》った。この間、京子と飲んでいるときに、途中から隣のテーブルに着いたグループの中に確かに野村雪子がいた。大学時代のサークルの同窓会だとか言っていたっけ。延々続く、京子の子供の話に辟易《へきえき》していた私は、「後輩が来て気まずいから今日は出ない？」とそれをいいことにお開きにしたのだった。そういえば、帰り際に野村雪子と挨拶を交わして、連れの人たちに愛想を売っているときに、やたらこちらをじっと見ている男の人がいたかもしれない。

「背の高い人、かしら？」

「そうです。あの人、この間坂下さんにお会いしてから、すっかり夢中になっちゃったみたいなんですよ。それで彼氏はいないか、いないなら食事でも付き合ってもらえないか、って聞いてこいって言われて」

「あら」と、ゆうちゃんよろしくやんわりとした笑顔を、私は作ってみせた。

野村雪子は彼が自分の三年先輩で三十歳であること、大手の証券会社に勤めていることなどを説明した。

「可能性が低いことは十分言い聞かせてあるんですけどね。坂下さんみたいな綺麗な人に、彼氏がいないわけないじゃないの、って」

私の斜め向かいの鈴木美香や周りの男性社員たちが、帰り支度をするふりをしながら、私たちの会話に神経を集中させているのがわかる。さあ、どう返事をしたものか。

「特定の彼氏はいないんだけど……。ううん、まったくいないわけじゃないんだけどね。なんて言うか……」

私の言葉に、野村雪子が不思議そうな顔をする。

「しっかり関係性を決めて付き合うの、窮屈《きゆうくつ》で苦手なのよね、私。だから彼氏いる？って聞かれると、返事にいつも困っちゃうの。いないって言い切っちゃうと嘘になるし」

年上の余裕をかもし出せるようにそう言ったけれど、実はその言葉こそが嘘だ。私の周りに男の人なんて、健一以外にいない。昔はチヤホヤしてくれた男の人が沢山いたが、もうみんな結婚してしまった。

「ああ、なんとなくわかりました」と、野村雪子は頷いた。

「自由な大人の関係の人はいるってことですね。さすが、坂下さん。かっこいいなぁ。じゃあ先輩には断わっておきますね。すみません。お騒がせして」

「こちらこそ、ごめんなさいね。でも彼ならきっと私じゃなくてもモテるんじゃない？三高なんだし」

「三高？」

野村雪子が首を傾げる。

「だって、あそこの証券会社なら。それに野村さんの大学の先輩なんでしょう？」

野村雪子は、国立大学の出身である。

「高身長、高学歴、高収入、ですよね」

斜め向かいから、鈴木美香が口を挟んだ。

「昔よく言った、彼氏や結婚相手に望む条件なんだって。この間雑誌で読みました」

「へー、そんな風に言うんだ。私の彼氏、一つも当てはまってないわ」

「私の彼氏もです」

野村雪子と鈴木美香が、顔を見合わせて笑う。周りの男性社員からも、ちらほらと笑い声が漏《も》れた。

ゆうちゃんと噂になっていた俳優が、二年前に噂された年上の女優と結婚したのは、ゆうちゃんとの熱愛報道から、一ヵ月も経っていない頃だった。

「どういうことよ？　この間まで、ゆうちゃんといい感じだって話だったのに」

その日は母親が朝食を作っていて、明子は私の隣でうるさく騒ぎ立てていた。

「しかも、できちゃった結婚って」

相手の女優は、妊娠十週目ということだった。

「信じられない、なにこの男」

二人の幸せそうな会見を見ながら、明子は自分のことのように怒っている。

『できちゃった結婚には順番が違うって意見もついてまわりますけど、ダブルでおめでたは喜ばしいことですよね』

『そうですね。幸せそうで何よりです』

この間は、ゆうちゃんとお似合いだと騒いでいたアナウンサーや解説者が、しれっとコメントをする。

『続いて、お二人の結婚について、ゆうちゃんのコメントが入ってきてますね。化粧品の新ＣＭのキャラクターに選ばれたということで、その商品発表会での一コマです』

「え？　ゆうちゃんにインタビューに行ったの？　どうしてそんなことするのよ。マスコミってひどい」

　明子がまた騒ぐ。

――お二人の結婚については、お聞きになられましたか？　びっくりされたんじゃないですか？

『えーと、まぁ、そうですね』

　ゆうちゃんは例のやんわりとした笑顔で対応をする。

　ゆうちゃんの近くに立っていたマネージャーらしきスーツの女の人が、「もういいですか」と、マイクを向ける沢山の記者たちを制止した。

――ゆうちゃんとはどういうご関係だったんですか？

――今のお気持ちを！

　けれどリポーターたちは、めげずに質問をする。

――彼と仲よくしていたこと、後悔してるんじゃないですか？

　マネージャーに促されてその場を去ろうとしていたゆうちゃんが、その言葉で足を止めて振り返った。

『そんなことないです。仲よくさせてもらって、演技の話とか、その他にも沢山ためになる話をさせてもらったし……。いい経験をさせてもらったと思ってます。後悔なんてありません』

爽やかな、でも意志の強そうな眼差しでそう言って、ゆうちゃんは画面から消えて行った。

「かっこいいー」

明子が興奮している。

「さっきまで、結婚した女優のほうがしてやったりで、ゆうちゃん可哀想な感じだったけど、こんな風に言われたら立場逆転しちゃうわね。向こうのほうが、なんだか惨めな感じ。妊娠だってゆうちゃんに取られると思って、計画的にしたんじゃないの」

いつの間にか私の隣に座っていた母親も、明子の言葉に「うん、うん」と頷く。

「私、もう行かなきゃ。今日は早朝会議あるんだった」

私は席を立った。「え、ご飯は?」と母親の声が追いかけてきたけれど、「いい」と叫んで、リビングを出て玄関に向かった。

胸に不快感が込みあげる。何故だろう。「可愛くて、しっかりしたいい子」というのはよくわかるのに、どうして私は、こんなにもゆうちゃんに苛ついてしまうのだろう。

外はいい天気だった。暑くなりそうだ。雲一つない、水色の空が広がっている。クローゼットの奥に押し込んだままの、翔子ちゃんの水色の傘のことを思い出してしまった。あの子は今、どうしているだろう。

「ちょっと話があるんだ。明日、飲みに行かない?」

健一からそう電話がかかってきたのは、私の誕生日の数日前だった。

「なに? 話って?」

そう訊ねる声が、少し上ずってしまった。健一は、イベントごとには敏感だ。私の誕生日が近いことを、きっとわかっているはずだ。

「電話じゃなんだからさ、会ってから話すよ」

イタリアンの店を予約しておくと言って、健一は電話を切った。

次の日私は、買ったきりまだ一度も袖《そで》を通していない、鮮やかなピンク色のワンピースを着て出社した。

「綺麗なピンクですね。そんなの似合う人、なかなかいませんよ。さすが坂下さん」

エレベーターで一緒になった野村雪子が、私の姿を見るなりそう言った。

「もしかして、この間言ってた大人の彼とデートですか?」

「まぁ、そんなとこかしら」

愛想笑いを返しておいた。

夜が待ちどおしかった。誕生日を前に、電話では話せない「話」って、一体なんだろう。心がはやる。

健一が連れていってくれたイタリアンの店は、小ぢんまりとしていたけれど雰囲気がよかった。案内されたテーブルには、花が飾られていた。

「誕生日が近いと伺ったので」

ウェイターが、健一に目配せをしながら言った。

「当日じゃなくて、悪いけど」

健一はそう言って、私に向かってほほ笑んだ。やっぱり、覚えていてくれたのだ。

カクテルで乾杯をした。それほどアルコール度数の高いものではないはずなのに、最初の一口で私は酔っ払ったようにいい気分になった。

「この間行った店で会った、部長の奥さん、覚えてる?」

前菜が運ばれてきたときに、「話ってなに?」と催促しようと思ったら、先に健一がそう口を開いた。

「覚えてるわよ。もちろん」

フォークとナイフを持ち上げながら、私は頷いた。

「先週、部長の家で食事をご馳走《ちそう》になったんだ。そうしたら奥さんが、『この間のお嬢さんとは本当にただの幼馴染みなの？　本当は付き合ってるんじゃないの？』って何度も聞くんだよな」

ニンジンのグラッセにナイフを入れながら、健一は言った。

「あら。なんなのかしらね、一体」

軽くほほ笑みながら、私はカクテルのグラスに口を付けた。

「俺も聞いたんだ。どうしてそんなに彼女にこだわるんですか？　って。そうしたらさ」

健一はそこで一旦言葉を止めて、カクテルを一口飲んだ。

「……そうしたら？」

ノンアルコールのはずなのに、健一の顔が少し赤くなっている。

「『あなたに紹介したい女の人がいるのよ』、って」


家の前に見慣れない車が停まっていた。車種はわからないが、白い国産車である。なんだろうと不審がりながら近付くと、助手席のドアが不意に開いた。中から出てきたのは明子だった。

車は明子が扉を閉めるのを待ってから動き出した。一瞬だけれど、運転席の男の人の横顔が見えた。明子の離婚した旦那さん、平井さんだ。

「お姉ちゃん。お帰りなさい」

明子が私に気が付いて声をかけてきた。暗がりでよくわからないが、その表情は少し強張っているように思えた。

「今の、平井さんよね？　デートしてたの？　やっぱりヨリが戻ったの？」

「違うわよ。話があるからって呼び出されたから、ちょっと食事に付き合っただけ」

「話？」

「うん。……結婚するんだって、あの人」

「結婚？」

「そう。半年ぐらい前に、同僚に紹介された女の人と。自分に変化があったから、私は最近どうしてるか気になって、それで連絡してきたんだって」

明子はそう説明をした。やっぱりその表情は、少し、いや、かなり強張っている。

「いいの？　あんた、それで」

聞くと、明子は「え？」と大げさな声を出した。

「いいの？　って、なにが？　いいに決まってるじゃない、おめでたいことなんだから。一度は一緒に住んだ人だもの。幸せになってくれるのは嬉しいわよ。私との経験を、今度の結婚では上手く役立ててくれるといいわよね。おかげで私も色々経験させてもらって、今、独身生活楽しめてるんだし」

どこかで聞いたことがあるような言い回しだった。それも、つい最近だ。ああ、そうだ。ゆうちゃんだ。『いい経験させてもらいました。後悔なんてありません』——。

「やめなさいよ」

思わず声を上げてしまった。しかも、かなり大きな声を。明子が驚いた表情で私を見る。

「やめなさいよ。カッコ悪い状態を、そうやって無理矢理前向きに仕立てるのは。無理があるわよ。ゆうちゃんはともかく、もう若くない私たちには無理よ。余計、惨めになるだけだわ」

明子は、呆然と突っ立ったまま、私を見ている。

「あんたが突然家に帰ってきた本当の理由なんて、わかってるのよ。真面目だけが取り柄の旦那さんに浮気されて勢いで離婚して、最初は自由を楽しんでいたけど、段々お金が尽きたんでしょう。受付のあんたが、医者と同じようにお金を使えるわけがないものね。だから、家に戻ってきたんでしょう。私に八つ当たりすることで、虚しいのを紛らわせて……。前の旦那さんから連絡があって、あんた期待したんでしょう。でも再婚の報告だっただけ。つまり、あんたは今、ただ単にカッコ悪くて惨めな状態よ。認めなさいよ。私と一緒よ」

明子はずっと、私がまくし立てるのをただただ黙って見ていた。けれど私が話し終えると、やがてゆっくりと口を開いた。

「私と一緒って、どういうこと？　お姉ちゃん、なにかあったの？」

「……健一が」

そう呟いた私の声は、情けなくなるぐらいか細かった。

健一とは、一度だけ寝たことがある。もう十四年も前のことだ。私は短大を出たばかりで、健一はまだ医大生。その頃私たちは、ひたすら遊びまくっていた。私たちだけじゃなく周りの友人みんながそうだった。そういう時代だったのだ。

ある晩に大人数の遊び仲間で夜通し飲み倒して、健一のマンションでみんなで雑魚寝をした。一人、また一人と順番に家に帰って行き、最後は私と健一、二人きりになった。気が付いたら寝ていたと、健一はきっと認識していると思う。でも違う。私がはっきりと誘ったのだ。健一は酔っ払っていて覚えていないだろうが、私の意識はしっかりしていたので覚えている。

仲間うちの誰もが浮き足立っていたような時代で、人より目立つ容姿の私は、女の子からは憧れられ、男の子からは食事をおごってもらったりプレゼントをもらったりとチヤホヤされ、当時はしっかり調子に乗っていた。でも実は男性経験は少なく、健一で二人目だった。関係を持ちたがる男の子はもちろんいたが、全てやんわりと断わっていた。一人目の相手は、女友達と飲んでいたときに声をかけてきた男の子で、もう名前も顔も覚えていない。後腐れがなさそうだったので、「処女を捨てる」ためだけに利用させてもらった。遊び慣れた健一と、もし寝る機会が来たときに処女だとバレると敬遠されると思ったのだ。

私はずっと昔から、健一と結ばれる機会を待っていた。小学生の頃、人より目立つ容姿だったことで、クラスの女の子たちから僻《ひが》まれて避けられていたことがあった。いつも一人でいることを余儀なくされた私に、唯一話しかけてきてくれたのが健一だった。女の子たちは、私に酷いことをすると自分が健一に嫌われてしまうかもしれないと思って、私を避けるのをやめた。その頃から健一は、女の子にモテた。私はそれ以来ずっと、健一だけが好きだったのだ。

けれど多くの他の女の子と同じように、一度寝ても、健一は私を彼女にはしてくれなかった。それでも縁が切れるよりはいいと思って、私はその後も腐れ縁の幼馴染みの関係を維持し続けた。「腐れ縁」であることだけでも、他の女の子に勝っていると思った。女の子と別れるのに私を使うのも、私が他の子とは違う「特別な女」だからだと言い聞かせた。そして、最終的には健一は私と結婚してくれるのではないかと思っていた。だって、ドラマなんかではよく言っているじゃないか。「いつも一番近くにいた君を、本当は一番愛していたんだ」とか、そんなこと。

そうしている間に同世代の友達はみんな、結婚して子供を産んだ。外見は老けこんでしまっても、地に足のついた生活をしっかりと送っている。

私はもう誰からもチヤホヤされないし、憧れの眼差しを送ってもらえない。口角を上げて作る自慢の笑顔も、最近は見とれられるというよりは、引かれている節がある。笑うと口許と目尻に、皺《しわ》が目立つのだ。もともと、派手な顔なので老けやすい。

下の世代の鈴木美香や野村雪子が、私のことを「綺麗だ」「完璧だ」と褒めるふりをして、本当は笑っていることだってちゃんとわかっている。

「いまどき、その派手な髪型や服はどうなのよ」

「そんな爪で料理なんてできるわけないわよね」

そう思っていることを、知っている。私の時代の環境や言葉を、

「テレビで見たんですけど、本当にそんなことあったんですか？」

「そんな言い方したんですか？」

興味があるふり、関心のあるふりをして、遠まわしにバカにしていることだって気付いている。

確かに私のファッションや生活は、昔と変わっていない。だって習慣だから今さら変えられないのだ。健一だって同じだ。昔と一緒のファッション、生活。でも「男は三十代から」だかなんだか知らないが、あちらは私と違って、歳を取れば取るほど社会的地位や経済力も相俟《あいま》って、評価が上がっている。

だから、そんな健一と結ばれて私は見返してやりたかった。その日を信じて、今日までやってきたのに。

「健一さんが、なによ？　どうしたの？」

明子の言葉で、我に返った。

「ねぇ、お姉ちゃん。とりあえず家の中、入ろうよ。雨、降ってきそうよ」

頭上には、確かに暗がりでもはっきりとわかるような、灰色の雨雲が浮かんでいた。

水色の傘を持って電車に乗った。翔子ちゃんに会うためだ。彼女は隣町の駅前の不動産屋で、事務の仕事をしているらしい。この間、喫茶店で会って席に着いた直後、丁寧に名刺をくれたのだ。

店の奥のカウンターで、翔子ちゃんは同僚らしき男性と談笑していた。私は彼女が笑っていることに少し安心して、同時に少し苛立った。

「いらっしゃいませ……。あ」

店に入ってきたのが私だと気が付いて、翔子ちゃんは一瞬作った営業用スマイルを、すぐに崩した。

私はわざとヒールの踵《かかと》をカツカツ鳴らしてカウンターに近付き、「これ」と、水色の傘を翔子ちゃんに差し出した。

「返しにきたの」

「失くしたんだと思ってました」

まだ状況が飲み込めないといった顔で、翔子ちゃんは呟く。

「盗んだの。あなたのだって、わかってて」

「盗んだ？　どうしてですか？」

「どうしてって……」

あの人の浮気癖は治らないのよ。私はもう慣れっこだけど、あなたはまだ若いから、あんな男に振り回されることないわ。悪いこと言わないから、別れなさい。

あの日、私がお決まりのセリフを口にしたあとのことだ。翔子ちゃんは神妙な表情で目を伏せて、「わかりました」と低い声で言った。

そこまでは、今までの女の子と一緒だった。けれどその後、これまでとは違うことが起こった。次の瞬間彼女が、顔を上げて、私の目をじっと見て、「すみません」と言ったのだ。

「なにが？　なにが、『すみません』なの？」

動揺して、私は聞いた。飲み屋で隣になった翔子ちゃんに、健一の方から声をかけたと聞いていた。いつものことだ。彼女は被害者なのに、どうして「すみません」なのだ。

「知らなかったとは言え、あなたの恋人と私、関係を持ってしまったんですよね。ごめんなさい」

自分の顔が一瞬で熱くなったのがわかった。最初は、嫌味を言われているのかと思った。でも、彼女の目は真剣そのものだった。汚れていない、まっすぐな目――。

「私は慣れてるから、いいの。でも、あなたは大丈夫？　ショックだったでしょう？」

やっとの思いで私はそう言った。すると翔子ちゃんは、まっすぐこちらを向いたまま、今度ははっきりと「いえ」と言った。

「健一さん、優しかったし、いい思い出、沢山もらいました。こういうこともあるんだって、いい経験もさせてもらえたし」

そして、彼女はまたゆっくり目を伏せた。私の顔は、更に熱を持った。

初めて、勝者と敗者の構図が覆《くつがえ》された。それまで全戦全勝だったのに。憎いはずの恋敵にしおらしく謝る、若くて汚れていない、真面目ないい子。その「いい子」から恋人を奪って嫌味ったらしく説教を垂れる、笑うと口許と目尻に皺の寄る、私。

千円札を机に乱暴に置いて、早足でそのまま店を出た。扉を開けたところで、傘立てに足をぶつけた。柔らかい水色でレースのあしらわれた、彼女のものに間違いない傘が目に入った。

本当は、どうして盗んでしまったのかわかっている。私は彼女を、汚してやりたかった。傷付けてやりたかった。

「健一、結婚するんですすって」

「どうして盗んだんですか？」という彼女の問いには答えずに、私は早口にそう告げた。

彼女はしばらく黙っていたが、やがて「あなたとじゃなくて、ですか？」と小さな声で訊ねてきた。

「私とじゃない。上司の紹介で知り合ったいいとこの娘さんですって。二十八だから、そんなに世代のギャップがあるってほどの歳の差でもないし、それでいてお嬢様育ちだから、すれてないし、汚れてないし。『やっぱり奥さんにするには、そういう人がいいよね。

俺もそろそろ、落ち着くよ』ですって」

さっきまで翔子ちゃんと談笑をしていた、同僚らしきスーツの男の人が呆気に取られた顔で私を見ている。でもそんなことは構わずに、私は続けた。

「最低よ、あの男。あんな男から学ぶものなんて、なんにもないわよ。だから、あなたはなにもいい経験なんてしてないの。ただ最低な男に引っ掛かって、カッコ悪い惨めな状態になっただけ。あなたも、私もね」

翔子ちゃんが傘を受け取ってくれないので、私はずっと傘を宙に浮かせて差し出している。いい加減、腕が痛くなってきた。

「それだけ言いに来たの。帰るわ」

そう言って傘をカウンターに置こうとした。その手を、翔子ちゃんの手が止めた。

「あげます、その傘。失くしたと思って、新しい傘買っちゃったし」

「……いらないわよ」

「だって、ご自分の傘、持って来てないんじゃないですか？　もうすぐ雨、降りますよ」

ガラス張りになっている店の外に、翔子ちゃんは目をやった。私も倣《なら》った。西の空に灰色の雲がかかっているのが見える。

「人生には、一回ぐらいカッコ悪い経験があってもいいかなって思います」

翔子ちゃんの声で、視線を元に戻した。この間と同じまっすぐな目で、翔子ちゃんは私を見ていた。

「帰ってもらえますか。お客さんが来たら困るので」

結局、私はまた傘を手に持って外に出た。西の空にいた雨雲が、すごい速さでこちらに向かってくるのが見える。

向こうから歩いてくる人が、不思議そうな顔で私を見た。まだ雨は降っていないのに、私が傘を差したからだ。

灰色の空の下に、緑に白いレースがあしらわれた、やわらかい水色の空が広がった。

Scene 5

今日の占い

箸《はし》を伸ばしておかずをつまんで、それを口に運んで、噛んで飲み込んで。さっきから二人でそれを延々繰り返している。たまにおかずがご飯になったり、味噌汁を啜《すす》ったりの変化はあるけれど、基本的には同じことの繰り返しだ。ずっと無言で。

時計の秒針の音だけでなく、自分や耕次《こうじ》の口が動く音までもが部屋に響いている。耐え切れなくなって、私は口を開いた。

「おいしい？」

「まあ、おいしいんじゃない？」

耕次は一瞬だけ私と目を合わせて、すぐに逸らしながら吐き捨てるように言った。

「でも野菜炒めだったら、家で自分で作ったりもしてる」

まだ機嫌は直っていないらしい。私は黙った。こういうときは黙って、もう今日はこちらからは話しかけないほうがいい。

だって、残業だったんだもの。約束の時間遅らせたことで、もう機嫌悪くなってたでしょう。だから早く作れるものをと思ったのよ。そんなことは言わなくていい。言えば、もっと悪い状況になるのは目に見えている。

次はもっと凝《こ》ったものを作ってあげよう。由紀江《ゆきえ》の家に来るときは、自分では作れないおいしいものが食べたいんだ。俺は由紀江の料理が好きなんだ。私はそう褒《ほ》められたのだ。そう思っておけばいい。

「コーヒー飲む？　淹《い》れようか？」

食事を終えて、ソファに深く座ってテレビを点けた耕次に聞いた。「ん」と、こちらを見ずに耕次は短く返事する。

「飲んだ後、お風呂入るよね？　お湯沸かしておこうか」

そう言うと、今度は無言でテレビの方を見たまま、耕次は頷いた。

コーヒーメーカーのスイッチを押し、お風呂場に向かおうとしたら、後ろから深い溜め息が聞こえた。

「いつもそうじゃん。食事の後は、コーヒー飲んでお風呂入って。なんで毎回いちいち聞くわけ？」

言い捨ててボリュームを上げたのか、テレビから騒がしい笑い声が響いてきた。そっと振り返ると、耕次はタバコをくわえて火を点けるところだった。その仕種一つ一つに、苛々が見て取れる。

浴槽を洗いながら、私は自分に言い聞かせた。大丈夫。少し前に、耕次の勤める電器メーカーの製品にリコールが出た。テレビや新聞でも大きく取り上げられた。それで耕次は、最近ちょっと疲れているだけだ。

付き合い出して、もうすぐ半年。だから耕次の性格や言動パターンは、もうわかっている。耕次は気分屋で、感情をそのまま態度に出す人だ。疲れているときは、拗《す》ねた子供みたいに機嫌が悪くなる。二十八にもなってそれもどうかと思うけれど、楽しいときや嬉しいときは、逆に子供のように飾らず素直に笑う。それが好きになったところでもある。楽しそうにしている耕次を見ていると、こっちまでつられて幸せな気分になれるのだ。

「ごめん。今日生理なんだ」

ベッドに入ったら、当然のように耕次が私を押し倒してきたので、おずおずとそう言った。耕次は舌打ちをして、大げさに寝返りを打って背中を向けた。やがて聞こえてきた寝息に紛れさせて、私は小さく溜め息を吐いた。

次に会うときは、機嫌がいい耕次でありますように――。誰にかわからないけれどそう祈りながら、ゆっくり私は目を閉じた。

朝、耕次は私より先に家を出た。私のアパートの最寄駅から耕次の会社までは、乗り継ぎがややこしくて時間がかかる。一人になった部屋で大きく伸びをしてから、ソファに腰を下ろしてテレビを点けた。コーヒーをもう一杯飲んでから出かけよう。

テレビはどこの局も、私と同い年の女優の顔のアップを映していた。結婚の話題らしい。『名子役も、もう二十六歳！』『ゆうちゃん、電撃婚！』そんな見出しが画面に躍っている。今や人気、実力ともに日本一の女優の結婚とあらば、全局お祭り騒ぎも無理はない。

「ゆうちゃん」というのは、彼女が中学生のときに出演した学園ドラマの中の役名だ。それで有名になったので、そのまま愛称になっている。

私の中学でも、当時ゆうちゃんは大人気だった。自分たちと同い年の人間がテレビで人気者になっているということは、当時の私には結構な衝撃だった。それまでアイドルや女優は、みんな年上だったから。もちろん、今は女優はともかく、アイドルなんて当然年下ばかりだけれど。

コーヒーを飲み干して立ち上がる。カップを下げてコートを羽織ってと、部屋の中をうろうろしている間、テレビからはずっとゆうちゃんがインタビューに答える声が聞こえていた。

『全然、電撃婚なんかじゃないんです』

ゆうちゃんは、何度もその言葉を口にしていた。

『彼は中学のときの同級生なんです。ずっと恋人だったってわけではないんですが、でも知り合ってからは十年以上も経ってるんです。今までまったく報道されなかっただけで。だから電撃なんて言われちゃうと違和感が』だそうだ。

確かに十年の積み重ねの結果を、「電撃」なんて言葉で片付けられてしまったら、複雑だろう。

テレビを消して玄関に向かった。中学のときからというと、あのドラマに出ていた頃から、ゆうちゃんと結婚相手の歴史は始まっていたらしい。

「加藤《かとう》先輩。今日、彼氏とデートだったりしないですか?」

更衣室で、後輩の雅美《まさみ》ちゃんが話しかけてきた。

「今日は会わないけど。どうして?」

「今日の射手座は恋愛運がいいんですよ。恋人との距離がぐっと縮まるらしいです」

「そうなんだ」

私と同じ星座の雅美ちゃんは、よくこうやって今日の運勢を教えてくれる。あまり興味がないので、いつも適当に相槌を打つ。

「ワイドショー観た？　ゆうちゃん結婚したよね」

「観た観た！」

出勤してきた他の女の子たちと、雅美ちゃんが盛り上がりだした。

「ゆうちゃんの生まれ年は、今年、結婚運がいいんだって。この間私、本で見たの。だからやっぱりって感じ？」

雅美ちゃんの言葉に他の子たちが、「おおー」とか「へぇ」と感嘆の声をあげる。

少し前に、雅美ちゃんのお姉さんが有名な占い師に見てもらったら、家族構成や性格、恋人とのことや仕事の状況、細かくは忘れてしまったけれど、とにかくそんなようなことを、なんでもかんでもぴったりと当てられたらしい。その話を雅美ちゃんが職場でして以来、後輩の女の子たちの間では占いだとか運勢だとかが、ちょっとしたブームになっている。

ゆうちゃんの生まれ年が恋愛運や結婚運に恵まれているのなら、私もだ。昨日の耕次との雰囲気を思い出して、どこが、と苦笑いしてしまう。

「じゃあ、その年生まれの人は、みんな今年中に結婚するのかな」

私の隣で、盛り上がっている輪から距離を取るように着替えていた今井《いまい》さんが、小さな声でそう呟いた。目が合うと、「やれやれ」というような微笑を同意を求めるように私に向けてきた。目配せを返す。女の子の中でブームに乗っていないのは、私と彼女だけだ。

私は短大を卒業してから、ずっとこの小さな文具メーカーで事務をしている。去年、同期や先輩たちが転職や退職で次々と去ってしまって、二十六歳にしていまや女子で最年長だ。高校を出たばかりの若い子たちも多いので、私と私よりも一つ年下の今井さんは、彼女たちの会話やノリから、いつも少し浮いてしまう。

オフィスに入って行くと、男性社員たちも、ゆうちゃんの結婚話で盛り上がっていた。

「ショックだなぁ。俺の初恋ゆうちゃんなんですよ」

私と同い年の営業の安達《あだち》君がそう言って、先輩や上司たちから笑われていた。

この間の眠る前の祈りが効いたのか、次の週に耕次と会ったら、機嫌がよくてホっとした。待ち合わせた駅の改札で、私を見つけて近付いてくるときの顔から、もうこの間とは違った。本当にわかりやすい人なのだ。

夕食の材料を買うために、駅の近くのスーパーに入った。会うときは仕事帰りに待ち合わせて、私の部屋で夕食を食べて、そのまま一泊して行くのが定番になっている。

「なぁ、俺、今日は筑前煮《ちくぜんに》が食いたい」

野菜コーナーに差し掛かったとき、耕次が言った。機嫌がいいと、よくこうやって自分の食べたいものをリクエストしてくる。

「わかった。筑前煮ね」

ごぼう、きぬさや、コンニャクと、私はカゴの中に材料を揃《そろ》えていった。段々と耕次の顔がほころんでいく。

「由紀江のこういう素朴《そぼく》な家庭料理は、本当にうまいんだよな」

そんなことを言ってもらえると、やっぱり悪い気はしない。私の顔もつられて緩《ゆる》んだ。

そろそろコートを薄手のものにしてもいいかもしれない。スーパーを出て、交差点の信号待ちをしながらそんなことを考えていたら、耕次が呟いた。

「だいぶ暖かくなってきたな。寒いと由紀江の家までの道が辛かったんだよな」

「うん。今日は結構暖かいよね」

駅のそばには大きな川が流れている。私のアパートはその川向こうで、駅からは歩いて十五分ぐらいだ。家やアパートが立ち並ぶ川沿いを、二人で並んで歩いた。

アパートは何度か変えたけれど、短大に入るために東京に出てきてから、ずっとこの辺りに住んでいる。都心からそれほど離れていないのに、小さな住宅街の雰囲気を保っているところが気に入っている。小学校の五年生から、高校を卒業するまで住んでいた街に似ているからかもしれない。あの街も、真ん中に大きな川が流れていた。

犬を散歩させている男の子が向こうから歩いてきた。暗いからはっきりは見えないけれど、男の子は背が高く、犬も細身で肢《あし》が長い洋犬だ。なんだか揃ってサマになっている。

「カッコいいね」

すれ違ってから耕次にそう言うと、気にしていなかったのか、耕次は「ん？」と怪訝《けげん》そうな声を出した。

「ほら、あの犬。なんて種類だっけ？」

振り返って、私は犬と男の子を指差した。街灯の明かりで、彼らはまるでスポットライトを浴びているように絵になっている。

「ああ、犬か。なんて種類だったっけな」

結局二人とも思い出せないまま、アパートに着いた。

材料と調味料を全部鍋に入れてから、ビールをひっかけつつテレビを観ている耕次に声をかけた。

「最近、会社の女の子たちの間で占いが流行ってるの」

「占いって、星座や血液型で、相性がいいとか、悪いとかそういうの？」

気に入る番組が見つからないのか、耕次はリモコンでチャンネルをパチパチ替えている。

「うん、そういうのもかな。その日の運勢とかラッキーアイテムとかのこともよく話してるけど」

「女の子はそういうの好きだよなぁ。俺と由紀江ってどうなの？　相性いいの？」

「ああ、どうなんだろ？　私はあまり占いとか見ないから」

灰汁《あく》を取ろうと、私は引き出しを開けてお玉を取り出した。耕次はテレビを消して、ソファの脇に置いてある私のファッション誌や情報誌のページをめくりだした。

「ああ、これに載ってる。由紀江、射手座だよな？　えーと……、あ、いいみたいだぞ。相性八十パーセントだって」

雑誌から顔を上げて、弾んだ声で耕次は言った。信じていないとはいえ、いいことを言われたほうが嬉しい。「そっか。よかったね」と、私は笑って頷いた。

落とし蓋をして後はしばらく煮込むだけの状態にしたとき、私の携帯が鳴った。安達君からだ。耕次に、「ちょっとごめんね」と言いながら取る。

「もしもし？　ごめんね、こんな時間に」

安達君は早口で、取引先との契約書ですぐに確認しなければいけないことができたから、保管場所を教えてくれ、と言った。私が管理している書類だ。

「壁側のロッカーの、一番右端の上から二番目だよ。こんな時間までお疲れさま」

「ありがとう。助かった」

電話を切って台所に戻ろうとする途中で、耕次と目が合った。射るような目で私を見ている。

「誰？　ちょっと声聞こえたけど、男じゃなかった？」

「会社の男の子だよ。残業してて、私の担当の書類のことで……」

さっきまでと全然違う低い声で言われたので、私は焦った。

「男の番号は、全部消したはずだろ？」

耕次はヤキモチ焼きだ。付き合い出したときに、自分以外の男の番号は全部携帯から消して欲しいと言われた。耕次とは共通の友達の飲み会で知り合った。その友達の周りの子たちしか男友達なんていないと言ったら、じゃあ、その子たちの番号を消せと言われた。

迷ったけれど、元々そんなにしょっちゅう連絡を取っているわけではなかったし、耕次の方面からもつながっているわけだし、いいか。そう思って、言われるがままに彼らの番号は消した。

「でも安達君は、仕事の付き合いだし」

私はなにも悪いことはしていないはずなのに。耕次が睨《にら》んでいるので、言い訳をするような口調になってしまう。

「安達って名前、よく聞くよな？　仲良くしてるんじゃないの？」

「え？　同期だから、職場では仲いいほうだけど……。でも仕事以外では会ったりしたことなんてないし……。耕次だって、仕事の女の人の番号は入ってるでしょ？」

「俺は営業だから、仕方ないだろ。でも由紀江は事務だろ？　必要あるの？」

驚いた。なにを言っているのだろう。だって安達君は、耕次と同じ営業なのに。耕次が「仕方なく」番号を入れている女の人の中には、きっと事務の女の子のものもあるだろう。それと同じはずだ。

そう言い返したかったけれど、睨みつける耕次の目が怖くて抑えてしまった。

「わかった。消す」

耕次に画面を見せながら、安達君の番号を削除した。そんなに頻繁《ひんぱん》にかかってくるわけじゃない。それに毎日会社で会うのだし、またそのうち聞き直せばいい。

「他には？　男の番号入ってない？」

「……ないよ」

本当は他の営業の男の人の番号も入っている。でも、みんな先輩だから、苗字《みようじ》に「さん」付けで登録してある。万が一チェックされても、男の人だと断定はできないはずだ。

まさか勝手に携帯を見たりなんてしないとは思うけれど。――と信じたい。

その後は、もう耕次の機嫌はずっと悪いままだった。せっかく上手にできた筑前煮にも、「おいしい?」とこちらから聞いたら、やっと「うん」と素っ気なく返事をしてくれただけだ。耕次の喜ぶ顔が見たかったのに。

ベッドに入ったら、また当然のように押し倒された。もちろん私はそんな気分にはなれなかったけれど、これ以上機嫌を悪くさせるのは怖い。そう思って断われなかった。

「あ、加藤先輩、コート春物になってる。今日の射手座は衣替えをするといいことがあるって言ってましたよ。占い見てきたんですか?」

いつものように雅美ちゃんが、今日の占いを報告してくれる。

「知らなかったけど、そうなの? 当たるといいな」

全然信じていないくせに、いいことを言われると当たって欲しいと最近は調子よく思ってしまう。多分、私は疲れているのだ。

安達君から電話があった日以来、耕次のヤキモチがエスカレートしている。新製品の売り込みで最近忙しいらしくなかなか会えないのだけれど、その分、毎日電話とメールをしてくる。

電話でもメールでも、必ず最初に「今なにしてる？　どこにいる？」と訊ねられる。仕事帰りにカフェで一人でお茶を飲んでいたときは、「後ろ騒がしいけど。本当に一人？」と怪しまれた。残業で遅くなって「まだ帰りの電車」とメールで答えたときは、「いつもより遅いな。どこかで誰かと遊んでたんじゃないの？」と疑われた。

そもそも誰かとお茶を飲んでいたとしても、遊びに行っていたとしても、それがどうしていけないの？　男の子じゃなければいいんでしょう？

できるだけ柔らかい口調で、怒らせないように一度、そう言ってみた。でも、溜め息混じりにこう返されただけだった。

「俺は仕事が忙しくて疲れてるんだよ。由紀江ぐらい俺のこと癒《いや》してくれよ」

まったく答えになっていない。

早く耕次の仕事が落ち着きますように。ロッカーにコートをしまいながら、また誰にかわからないけれど、私は祈ってしまっている。

仕事が終わって携帯をチェックすると、メールのマークが画面に出ていた。また耕次からの行動チェックだろうか。重い気分で開けると、予想に反して、いい内容だった。前から二人で行ってみたいと言っていた人気のビストロの予約が、取引先のツテで取れたという。来週の土曜日だから空けておくように、とのことだ。

文面から、耕次の機嫌のよさが伝わってきて、レストランよりもそっちのほうに喜んでしまった。「嬉しい。楽しみにしてるね」と、すぐに返信を送る。

コートをロッカーから取り出したとき、雅美ちゃんに教えてもらった今日の占いを思い出した。確か、衣替えをするといいことがあると言っていたっけ。「当たったのかな」と、一人で呟いてみる。

普段はそんなに仕事のできない子ではないはずなのに。その日、雅美ちゃんが出してきた書類には、ケアレスミスが沢山あった。直すように指示しながら「どうしたの?」とさりげなく聞いてみたけれど、泣きそうな顔で「すみません。すぐ直します」と言って、急いで書類を受け取っただけだった。その後も、課長にかかってきた電話を取り次ぐのに、間違えて切ってしまったりして、周りから呆れられていた。

昼休み、休憩室でお弁当を広げていた私の隣に今井さんがやってきた。

「隣いいですか?」

「うん、どうぞ」

今井さんはお弁当を広げながら、耳打ちするように私に言った。

「今日、雅美ちゃんボーッとしてるでしょ？　あれ、甘やかさずにちゃんと叱《しか》ってやったほうがいいですよ」

「なにか知ってるの？」

今井さんは、声をひそめた。

「昨日、例のお姉さんのこと全部当てたとかいう占い師に見てもらったんですって。そしたら、今の彼氏とは相性が悪いから別れなさいって言われたらしくて。それで落ち込んでるんですよ。今朝更衣室で話してました」

それは苦笑いするしかない。私は今朝、電車が遅れてしまって遅刻ギリギリだったので知らなかった。

「今井さんは、全然そういうの信じなさそうだよね」

「ええ、全然。加藤先輩は？」

「うーん。基本的には信じてない。ありがちだけど、いいこと言われたらラッキーって思っておこうとか、そんな程度」

「それぐらいが一番ですよ。占いに振り回されるのなんてバカバカしい。こっちが振り回すとか利用してやるぐらいでいいんです」

なかなかカッコいいことを言う。

「利用するって、例えば？」

「そうですねぇ。私は前に性格占いで、しっかりしてるけど自分勝手なところがあるとか言われたんですよ。それ以来、あなたって自己中よねって責められたら、ええそうよ、自己中よ。占いでもそう出るくらいだもん、仕方ないじゃない。って開き直ってます」

面白い。笑ってしまった。今井さんは尚も話を続ける。

「あと、占いじゃなくてジンクスですけど、あの遊園地にカップルで行くと別れるとか、昔よくそういうこと言いませんでした？　高校のとき友達に彼氏取られたから、別れさせてやろうと思って、その遊園地のチケットあげたりしましたよ」

「怖いなぁ、今井さん。でも確かにそういうジンクスって色々あったよね。靴ひもの、右だっけ？　左だっけ？　どちらかがほどけると、振られちゃうとか」

「へぇ、それは知らなかったです。恋人に靴を贈ると振られるってのは聞いたことありますけど。その靴で逃げていっちゃうとか言ったかな」

「そっちは私知らないなぁ。深夜に書いたラブレターで告白すると振られる、とかは？」

しばらく二人で、あれは？　これは知ってる？　と盛り上がった。

「でも深夜のラブレターって、気持ちが昂《たか》ぶって恥ずかしいこと書いちゃって、相手に引かれて振られるってことだと思いません？」

今井さんが言う。

「確かにそうかもね。深夜はおかしなテンションになるもんね。それに遊園地のことだって、どんなカップルも一回ぐらいあの遊園地には行くと思わない？　だからかもね」

「結局そういうもんなんですよ、占いとかジンクスなんて。だから真面目に信じるのなんてバカバカしいです」

「そうだよね」

私がそう頷いたとき、雅美ちゃんと何人かの女の子が休憩室に入ってきた。それで、その話はそこで終わりになった。


ビストロに行く日。私は耕次を喜ばせたくて、誕生日に耕次にもらった靴を履《は》き、クリスマスにもらったネックレスをつけていった。案の定、待ち合わせ場所で私を一目見て、耕次はいきなり笑顔になった。

「その靴、履いてきたんだ。ネックレスも」

こうやって気取らずに、嬉しいときは素直に笑ってくれるところは好きなのだ。今日はこのままずっと機嫌よくいてくれますようにと、また私は心の中で祈る。

食事をしながら、お互いの最近の仕事などについて話した。人気なだけあって、注文した料理はどれも本当においしくて、耕次はワインをいつもより速いペースで飲んだ。そしてそのせいか、よく喋った。私もそのテンポに合わせて口を動かした。

この間、雅美ちゃんが占いの結果に落ち込んでミスを連発していた話をしたら、耕次は馬鹿にしたように笑って「困った子だな」と言った。その後の今井さんとの話をしたら、今度は声を出して笑った。

「その子、頭いいな。面白い。いるんだよなぁ、なんの理屈も通ってないのに、占いとかジンクスとかバカみたいに信じるやつって」

私は今井さんと教え合った、色んなジンクスを耕次に話してあげた。「あ、それは聞いたことあるな」「へぇ。それは知らない」とか、耕次は一つ一つに返事をした。

「恋人に靴をあげると振られるってのは、聞いたことある？　私はなかったんだけど」

私がそう言ったとき、今まで笑って話を聞いていた耕次の顔が突然強張った。そして眉間に皺《しわ》を寄せて、ゆっくり私を睨みつけた。

どうしたの、急に。焦ってなにか言おうと口を開きかけたけれど、耕次の声に阻《はば》まれた。

「なんだよ、それ？　なんでそんな話するの？　お前、その靴、俺があげたやつだよな」

耕次はテーブルの下に目線を移した。低く苛ついた声だった。耕次は機嫌が悪くなると、途端に声が低くなり、私の呼び方が「お前」に変わる。

「そうだけど……。でも、そんな話、信じてないし、私」

それに耕次もさっき、なんの理屈も通ってない、バカみたいって言ったじゃない。言葉が喉元まで出かかる。

「信じてなくたってそんな話聞いた後に、なんで平気な顔してその靴履いて来られるわけ？　お前のそういう無神経なところ、ときどき信じられないな。帰ったらその靴、捨てろよ。気分悪い」

「え、だって」

この銀色のエナメルのパンプスはかなり気に入っていた。高級感があるので、普段着ではなくて、ちょっとオシャレをしたときに履くのがちょうどいい。だからまだ、今日を含めて数えるほどしか履いていない。

「だってお前、俺と別れてもいいわけ？」

テーブルに肘をついて、耕次は私を睨んでいる。

そうじゃない。だって、耕次だってジンクスなんて信じないって、ついさっき言ったじゃないの。そう言いたいのに、睨みつける目が怖くて声が出てきてくれない。

周りのテーブルの客や店員さんが、私たちの妙な空気を感じてか、こちらの様子を気にしているのがわかった。

「わかった。ごめんなさい」

私は呟いた。これ以上注目を集めるわけにはいかない。気を取り直そうと水のグラスに手を伸ばしかけて、自分の手が少し震えていることに気が付いた。次の瞬間、涙がこぼれた。慌てて指で拭《ぬぐ》う。

「おい、泣くなよ。どうして泣くんだよ」

涙を見て動揺したのか、耕次は急に優しい声を出した。

「ごめん」

私がもう一度そう呟くと、今度は静かに溜め息を吐いた。長い溜め息だった。

店を出たところで、耕次の携帯が鳴った。私から少し離れて話をして、耕次は舌打ちをしながら戻ってきた。

「悪い。明日、朝から接待が入った。由紀江の家に泊まろうと思ってたけど、今日は帰るよ」

「そうなんだ。大変だね」

「うん。ごめんな」

「ううん。仕事だもん、仕方ないよ」

内心かなりホッとしていたけれど、残念そうな声を出しておいた。

駅までの道を歩きながら、もし逆の状況だったらと考えた。私に急に仕事が入って、約束をキャンセルしなければいけなくなったら――。耕次はどう反応するだろう。想像したら、背中になにか寒いものが走った。

駅の改札前で、耕次とは別れることにした。

「帰り道、気を付けろよ」

泣いたのが効いたのか、耕次の口調はさっきから優しい。「うん」と頷くと、「あ」と耕次は思い出したというような顔をして言った。

「靴、ちゃんと捨てろよ。縁起でもない」

家に帰って来て、玄関で靴を脱ぐと、どうしようと体から力が抜けてその場に座り込んでしまった。脱いだばかりのエナメルの靴に目をやる。こんなに綺麗でまだまだ履けるのに、捨てたくなんかない。でも耕次のあの勢いだと、次に家に来たときに下駄箱の中をチェックしかねない。

迷った末に、箱に入れてクローゼットの奥の方にしまった。扉を閉めながら、私は大きく溜め息を吐いた。長く、さっきの耕次の溜め息よりもずっと長く、いつまでも息を吐き続けた。

仕事から帰る途中、電車の窓に映る自分の顔を見て、あまりのやつれぶりに驚いた。ここ数週間で痩《や》せてきているとは思っていたけれど、こんなにも顔に疲れが出てしまっていたのか。電話でもメールでも会っていても、ここのところ耕次の機嫌をうかがってばかりなのだ。無理もない。

川沿いの道を歩いて家に向かう途中、今風のオシャレな外観のアパートのフェンスに垂れ幕が張られているのを見つけた。「空室あり。入居者募集中」と書かれている。

外から見た感じ、今のアパートと間取りはそう変わらないように思えた。でもこちらのほうが、ずっと新しくて見た目もいい。ここからなら駅も近い。この間、耕次は駅からアパートまでの時間がと、ぼやいていた。もうすぐ今のアパートの契約更新時期だ。新しい部屋で気分も変われば、耕次も少しは変わってくれるかもしれない。なにより、私が気分を変えたい。

垂れ幕には駅前の不動産屋の名前が書かれていた。まだ営業時間内だ。思い付きだけれど、話だけでも聞きに行ってみようか。来た道を戻る。

大学を出たばかり、下手したら高校を出たばかりなんじゃないかと思われる、童顔の男の子の店員さんが見せてくれた物件資料によると、やっぱりさっき見たアパートの間取りは、今のアパートと変わらなかった。駅に近いので、家賃はだいぶ高いかもしれないと思ったけれど、たった二千円上がるだけだ。それなら本当に考えてみてもいいかもしれない。

「どうぞ」と、制服を着た髪の長い女の子が、私にお茶を出してくれた。「ありがとうございます」と軽く頭を下げて受け取ったら、「あ」とその子が声を上げた。

「由紀江ちゃん？　もしかして」

名前を呼ばれて、驚いて顔を上げる。童顔の店員さんが、「青田《あおた》さん、知り合いですか？」と私と彼女の顔を交互に見た。

「青田さん？　え？　翔子ちゃん？　もしかして」

私も声を上げた。中学校の同級生だ。

翔子ちゃんの仕事が終わるのを待って、二人で近くのファミレスに移動した。二人とも和風ハンバーグセットを頼んで、夕食にする。

「でも、びっくりしたねぇ。こんな異国の地でバッタリなんて」

翔子ちゃんは東京を、「異国の地」と言った。「本当に」と私も頷く。卒業してからは、成人式で少し話をしたぐらいだろうか。

「翔子ちゃん、あんまり変わらないね」

「あはは。化粧とか服とか全然気合い入れてないからねぇ。田舎の中学生のときと同じ、ダサいまんまでしょ」

「そういう意味じゃないよ」

「由紀江ちゃんは、成人式で会ったときより痩せた？　でもあれからもう六年も経ってるもんね」

愛想笑いを返した。痩せたのは六年かけてではなくて、ついここ数週間で、とは言えない。

「女優のゆうちゃんが、この間結婚したでしょ？　私もそんな歳なのかぁってしみじみ思ったよ」

翔子ちゃんが言う。「うん、わかる」と私も相槌を打つ。同い年の人の動向は気になるものだ。子供の頃からテレビに出ていたゆうちゃんなら、尚更。

その後二人で中学校のときの話や、近況報告をし合った。彼氏については聞かれたくないと思って、こちらからもその手の話は出さずにいた。翔子ちゃんからも出てくる気配はなくて安心した。

翔子ちゃんは東京の大学を卒業して、さっきの不動産会社に就職したらしい。あの駅前の支店には、三ヵ月前に異動でやってきたという。家はここから三駅ほど先で、一人暮らしをしているそうだ。

「由紀江ちゃんも、この辺りに住んでるの？　あ、でも、さっきの物件に引っ越すの？」

「うん。今のアパートは、ここから十五分ぐらい。さっきの部屋は、まだはっきり決めたわけじゃないんだけど、いいかもって思ってて」

「そっか。決めるなら色々お世話してあげられるから言ってね。費用も割り引きしてあげられるよ」

「本当？　ありがとう」

「うん。あ、でも他の不動産屋さんでも探してる？　それなら私に気を遣って、無理にうちで契約しなくてもいいからね」

「うん。ありがとう」

変わっていない。昔からこんな風に優しい子だった。クラスは一緒になったことはないけれど、同じバドミントン部で、あまりやる気のない部員同士、仲良くしていた。

「ねえねえ、携帯番号とアドレス交換しようよ。またご飯でも食べよう。いつでも連絡して」

翔子ちゃんにそう言われ、バッグから携帯を取り出しかけて、ハッとした。耕次——。

帰りの電車でバイブに設定したきり、そのままにしてしまっている。その後翔子ちゃんに会って盛り上がっていたので、バッグの中で携帯が震えていても気が付かなかったかもしれない。

恐る恐る画面を見ると、やっぱり「着信アリ」の文字と、メールのマークが出ていた。ボタンを押す。着信は十五回、メールは十八件あった。全て耕次からだ。どちらも数分おきに来ていた。背中がすうっと寒くなる。

メールはいつも通り、全て「なにしてる」「どこにいる」といった内容だ。ずっと同じ内容で何件も送ってきているというのが、余計怖い。

動揺を隠しながら、翔子ちゃんと番号とアドレスを交換した。

「ねえ。記念に写真も撮ろうよ」

翔子ちゃんが携帯のカメラを向けた。二人で並んで自分撮りをした。私は必死に笑顔を作った。

「ほら私たち、中高でポケベル使ってた世代じゃない？　まさか十年後にさ、カメラまで付いてる携帯電話ができるなんて思わなかったよね」

写真を保存しながら、翔子ちゃんは言う。

「うん。最初から携帯使ってる今の中高生たちからしたら、ポケベルなんて信じられないかもね。短いメッセージ送るしかできないなんて」

私は必死に話を合わせた。

「だよねぇ。あ、この写真、由紀江ちゃんの携帯に送るね」

「うん、ありがとう」

写真が添付された翔子ちゃんのメールを確認する振りをしながら、私は急いで耕次にメールを送った。

『昔の友達と偶然会って、食事してたの。もうすぐ帰るから、家についたら改めて電話する』

小走りでアパートに向かった。二階までの階段を駆け上がったら、私の部屋の玄関の前に耕次が座り込んでいて、驚いて大声をあげそうになった。

「昔の友達って本当に？　男じゃないだろうな。で？　ずっと電話にも気が付かないほど盛り上がってたわけ？」

ゆっくりと立ち上がりながら、耕次は低い声でそう言って、私を睨みつけた。

「女の子だよ。だって、本当に久しぶりで、それで……」

声が震えて、語尾が曖昧《あいまい》になってしまった。とりあえず部屋に耕次を入れて、一生懸命、今日の出来事を説明した。耕次は何度も「本当に女の子？」「男じゃないのか」と繰り返した。途中で、さっき翔子ちゃんと撮った携帯の写真を思い出して、私はそれを耕次に見せた。日付と時間が出ていたので、それでやっと男の子と会っていたのではないことはわかってくれた。けれど、今度はどうして不動産屋になんか行っていたのかと、強い口調で訊ねてきた。

「駅の近くの新しいアパートで空室が出てて、いいなぁと思ったの」

私はもらってきたアパートの資料を耕次の前に並べた。自分がさっき男の子の店員にされたように、部屋の説明をしてみせる。

「駅から近いし、耕次も楽になるでしょう？　気分変えるのもいいと思わない？」

精一杯明るい声を出して、耕次のために、ということを強調した。けれど、耕次はまた大きく溜め息を吐いてこう言った。

「ここってさ、この間、犬の散歩してる男見た辺りだよな？」

初めは、なにを言われているのかわからなかった。しばらく考えて、少し前に川沿いの道で、洋犬を散歩させている男の子を見たことを思い出した。確かに、このアパートの辺りだった。

「お前あの男のことカッコいいって言ったよな？　それで、あの辺に住みたいわけ？」

信じられないようなことを言われて言葉を失った。カッコいいって言った？　私が？

言ったかもしれない。でもそれは、なんだかサマになっていたからで、大体、男の子の顔だってまったく覚えていないのに――。

「違うよ。あれは、犬がカッコいいって言っただけで……」

「とにかくダメだ、引っ越しなんて。そいつだけじゃなくて、周りにどんなやつが住んでるのかもわからないし。絶対ダメだからな」

おかしい。この人はなにを言っているんだろう。このアパートは私が自分のお金で借りていて、耕次はときどきやって来るだけなのに。ダメだなんていう資格はないはずなのに。大体、通りすがりの男の子にまでヤキモチを焼くなんて、絶対におかしい。どうかしている。

「なんでさぁ……」

あまりに驚いてしまって黙っていたら、耕次が溜め息混じりに、そう呟いた。

「なんでお前は、いつも俺のこと疲れさせるんだよ！」

そして次の瞬間、いきなり大きな声が降ってきた。反射的に私の肩は大きく揺れた。涙がぼろぼろとこぼれてきた。でも、私の体は固まってしまっていて拭うことができなかった。

「おい、泣くなよ。ごめん、悪かった」

涙を見て、耕次の声はまた急に優しくなった。

「ごめん、大きな声出しちゃったな。びっくりしたよな、ごめん」

そう言って、ゆっくり私の肩に手を回して、体を自分の方に引き寄せた。私はまだ頭がぼおっとしていて、されるがままになっていた。

「ごめんな。俺たち、お互い疲れてるんだよな。でも、俺はいつも由紀江のことを心配してるんだよ。最近忙しくて一緒にいてあげられないから、余計心配なんだよ。だから、色々言うのは全部由紀江のためなんだよ。わかってくれよ」

私の頭を撫でながら、耕次はずっと喋り続けていた。一応、その言葉は私の耳には入ってきたけれど、意味を理解する前に、どんどんと出ていってしまった。

ゆっくりと私の髪を撫で続ける耕次の手は、これが人間の手かと思うぐらい、硬かった。

怖い怖い怖い。嫌だ嫌だ嫌だ。

私の頭の中では、バカみたいにその二つの言葉だけが繰り返されていた。それで頭はパンクしそうになっているのに、体は全ての機能が停止してしまったかのように、まったく動かない。

硬い手で、私はいつまでも髪を撫でられていた。されるがままになっていた。

久しぶりに、実家の母親からメールが届いた。

『特に用事はないんだけど、元気にしてる？　体壊さないように、ちゃんと食べてしっかり寝てね』

朝、会社に向かう途中で読んだ。こちらからも、しばらく電話もメールもしていない。夜、家に帰ったら電話をしてみようか。そう思ったけれど、母親の声なんか聞いてしまったら、最近の溜まっているものを私は全部吐き出してしまいそうだ。元気を装ったって、きっとすぐに気付かれてしまう。耕次とのことは、母親にだけは絶対に話してはいけない。

『ありがとう。そちらこそ元気？　私は忙しいけど、それなりに頑張ってるよ』

そう返信をしておいた。

雅美ちゃんは、数日落ち込んでいたけれど、最近はすっかり元気を取り戻している。朝の更衣室での報告によると、友達に教えてもらった別の「よく当たる」占い師に見てもらったら、彼氏との相性は最高だと言われたそうだ。

「来週一週間、研修で大阪《おおさか》に行くから」

耕次がそう言い出したのは、いつも通り、私のアパートで夕食を食べた後、コーヒーを飲んでいたときだった。

「帰ってきても、しばらくバタバタしそう。なかなか会えなくなるけど、ごめんな」

「そう」と呟きながら、ソファに座る耕次と向かい合えるように、私はテレビの前に腰を下ろした。そういうことなら話が切り出しやすい。ここのところ、ずっと頭の中で繰り返し練習した話を、今日はしないといけないのだ。

「あのね、耕次。私、やっぱり引っ越したいの。あのアパートじゃなくてもいいんだけど」

声が震えたり語尾が曖昧になってしまわないように、私は耕次の顔から少し視線を外して話を始めた。

「耕次も言ってたけど、最近私たち二人とも疲れてて、ケンカ……みたいになっちゃうことが多いでしょ? だから気分を変えたいの。耕次、しばらく仕事忙しいなら、私はその間に引っ越して、それを機にしばらく距離を置いてみるって、どうかな?」

ライターに伸ばしかけていた手を、耕次は止めた。タバコはくわえたままだった。

「なんだよ、それ。どういうこと?」

「だから、お互い少し冷静になったほうがいいかなって思って……」

「お前、俺と別れたいわけ？」

言葉を遮られた。大体予想していた言葉とはいえ、低い声でゆっくり言われたので、やっぱり体が強張ってしまう。

「すぐ結論出すんじゃなくて、しばらくゆっくり離れて考えてみて……」

「そんなこと言って、そのまま別れようと思ってんじゃないのかよ！」

予想していたより早い段階で沸点に達したようだ。泣き出してしまわないようにと、私は唇をかみ締めた。

「本当にお前は……。俺を疲れさせることばっかり……」

今度は溜め息を吐きながら低い声で、静かに耕次はそう言った。その言葉から始まって、耕次はその後、この間と同じように「お前のため」だとか「心配してる」だとか、一人でひっきりなしに話を始めた。私になにか言わせる隙《すき》は与えなかった。その声は突然大きくなったり、次の瞬間には、子供をあやすように優しい声になったりした。

私はずっと唇をかみ締めながら、耕次が落ち着くのを待っていた。今はちょっと興奮してしまっているだけだ。落ち着いたら、ちゃんと話ができるはずだ。あと少し待てば、大丈夫だ。そう自分に言い聞かせて、ころころ変わる耕次の声を、頑張って聞き流した。

耕次が少しソファから体を浮かせて、右手を上げるような仕種をしたのは、優しい声から大きな声に切り替わっていく途中のことだった。「っつ」と、私は声にならない声を上げて、体を後ろにのけぞらせてしまった。

耕次がぽかんとした顔をして、私を見た。ただ姿勢を変えて、髪を触ろうとしていただけだったらしい。耕次は私の行動の意味を理解したらしく、段々と怒りで顔を紅潮させていった。

「お前、今、俺が殴《なぐ》ると思ってよけたよな？　ふざけんな！　俺がお前を殴ったことがあるかよ？　ふざけんな！」

頭が割れそうなぐらいの大声が頭に響く。次の瞬間には、灰皿が私の顔の横を通り過ぎていった。ガラスの灰皿が壁に当たって割れる音が、派手に部屋に響いた。

しばらくの沈黙の後、耕次は急に笑い出した。そして今までで一番優しい声を出して、言った。

「ごめん、びっくりしたよな。ちょっと興奮した、悪い」

おい、泣くなよ。当たらなかっただろ？　わざと外したんだよ。当てるわけないだろ？そうだな。二人とも疲れてるんだ。泣くなって。ちゃんと話そう。大阪からも電話するからさ。離れるとか言うなよ。お願いだから。

耕次の声が、私の頭、いや私の体の上をただ通り過ぎて行く。私はまた、されるがままになっていた。体を引き寄せられて、頭を撫でられて、わざとらしい優しい声で、なんだか色々と耳元で囁《ささや》かれた気がする。でもちゃんと覚えていない。

逃げたい、逃げたい、逃げたい。私の頭の中では、その言葉だけが延々繰り返されていた。

次の日は日曜日で会社は休みだった。やっと耕次が帰った部屋で、激しく痛む頭を手で押さえながら、テレビを点けた。適当にチャンネルをパチパチと替える。トーク番組に、ゆうちゃんが出ていた。

『いやぁ、でも驚いたね。電撃婚』

ワイドショーのキャスターもやっている中年の男性タレントが司会者だった。

『だからぁ』と、ゆうちゃんが笑う。

『全然、電撃婚じゃないんですってば。中学校からの付き合いなんですって』

突然だったように見えるゆうちゃんの結婚だけれど、本当は十年以上前からの積み重ねの結果なのだ。突然起きたように見える「事件」でも、実は水面下で着々と準備は進められているのだ。

小学校四年生から五年生にあがる前の春休みに、両親が離婚した。母親がある晩、私と妹を連れて家を出たのだ。夜行の長距離バスに乗せられて、三人で母親の生まれた街に向かった。

どうして、突然――。バスに揺られながら、あのとき私はそう思ったけれど、突然ではなかったのだ。本当は私だって気が付いていた。夜、両親の寝室から、父親の怒鳴る声を何度も聞いた。母親の泣き声も聞いた。なにかが壊れるような鈍い物音だって、何度も聞いていたはずだ。

言いたいことを、全部抑えてしまったからだ。悪くないのに謝ってしまったからだ。いつも耕次の顔色を、びくびくとうかがってばっかりだったからだ。

私の「事件」も、突然起こったわけではない。着々と準備を進めてしまっていたのは、私自身なのだ。

でももう、事は起きてしまった。振り出しには戻れない。どうしよう――。

ソファの脇に置いてあった、情報誌を持ち上げた。ページをめくる。「今週の運勢」と書かれたページで手を止めた。射手座の欄の、今日の日付を探す。

「新しいことを始めるのに、最適の日。自分にプラスにならないものは思い切って切り捨てて、新しいことにチャレンジしてみましょう！」

笑いが込み上げてきた。一人の部屋で、声を出して笑った。笑いながら、携帯を手に取った。翔子ちゃんの番号を呼び出す。

占いに振り回されるなんて、カッコ悪い。こっちから利用してやるぐらいじゃないとダメだ。

「急にごめんね。この間の部屋以外で、すぐに入居できる部屋ってあるかな?」

「え? どうしたの、急に。すぐ?」

電話の向こうで、翔子ちゃんは驚いた声を出した。無理もない。

「うん、すぐ。明日にでも引っ越したいの」

二、三日ぐらい会社を休んだって、どうってことない。

「この辺りのものは、全部処分でいいんですか?」

引っ越し屋さんの若い男の子が、部屋の隅っこに集めておいた塊を指差した。

「はい。お願いします」

耕次からもらったものや、耕次のために買ったものだ。お茶碗、コーヒーカップ、パジャマに枕――。

「あ、やっぱり、それだけは置いていってください」

私は慌てて、白い箱を指差した。

伝えてあった時間ぴったりに、翔子ちゃんは迎えに来てくれた。この間の童顔の店員さんも一緒だ。

「ごめんね。急だったのに、なにからなにまで」

「ううん。全然気にしないで」

男の子が、翔子ちゃんに促されて、不動産屋さんの社名が入った白いバンに乗り込む。

翔子ちゃんが、私の足元を見て不思議そうな顔をした。確かに、セーターにジーンズとラフな格好なのに、靴だけ銀色のエナメルのパンプスで浮いている。

利用してやるのだ。恋人に靴を贈ったりなんかするからだ。その靴で、恋人は逃げてしまうのだ。

男の子が運転をして、翔子ちゃんは助手席。私は後部座席に乗せてもらった。バックミラー越しに私を見ながら、男の子が言った。

「ちょうどいいところ空いててよかったですね。川の近くがよかったんでしょう?」

「ええ。ありがとうございました」

ミラー越しに頭を下げる。

ここから五駅ほど離れた、この川の延長線上にある街の部屋を手配してもらった。

「しばらく片付けで忙しいだろうけど、落ち着いたら遊ぼうよ。ゆっくり色々話そう。

「……色々あるよね、この年齢になると」

翔子ちゃんが振り返って私に言った。やっぱりなにかあったことは、悟られていたらしい。当たり前か。

「色々あるって、どんなことがですか？」

運転席の男の子が、翔子ちゃんに言う。

「色々は、色々よ。私たちの歳になればわかるわよ」

「青田さん、お幾つでしたっけ？」

「私？　ゆうちゃんと同い年」

「お姉さんだなぁ。僕、ゆうちゃんのドラマ、小学生のときだったんですよね。中学校には、こんなかわいいお姉さんばっかりいるのかなぁって、近所の中学の前通るとき、ドキドキしたりしてましたよ」

「由紀江ちゃん、聞いた？　ゆうちゃんのドラマ、小学生のときだって！　若いよねぇ。嫌になっちゃう」

翔子ちゃんと男の子の会話に、私は笑って相槌を打った。

暮れかけた街を車が走る。夕日と街灯が、川の水面をオレンジ色に照らしている。

あの日、母親と妹と家を出た日。新しく住む街に近付いた頃、バスの窓から見えた景色とよく似ている。あの日も明け方の太陽と街灯が、街の真ん中の川をオレンジ色に照らしていた。

眩しくて私は目を細めた。その目に少し涙が滲んだ。そんなところまで、今日はあの日と一緒だ。

Last scene

どこかで誰かに

眠い目をこすりながらリビングの扉を開けたら、絨毯《じゅうたん》の上に倒れこんでいる妻の姿が視界に飛び込んできた。サスペンスドラマなんかでよく見る、後ろから殴られて、そのまま息絶えてしまった死体のような姿勢だった。服は昨日の朝、仕事に出かけるときに着ていたもののままである。

ふうっと一回小さく息を吐《つ》いてから、倒れている妻、奈々子《ななこ》の脇に腰を下ろした。「奈々子」と声をかけながら、肩を揺する。結婚してから約一年半の間に、一体何回、死体状態の奈々子を目撃しただろう。もういちいち驚かない。

「うー、あー、んんっ」と擬音を発しながら、奈々子がかったるそうに目を開けた。途中、「いたたっ」と叫んだのは、上まつ毛と下まつ毛のマスカラがくっついてしまって、離れなかったからだろう。これも毎度のことだ。

「寝ちゃった。しかも化粧したまま。嫌だなぁ、肌荒れしないといいけど。ねえ今、何時？」

起き上がって、寝癖のついた頭を右手でわさわさと触りながら、奈々子は聞く。

「七時半。もう僕、会社行くよ。何時に帰ってきたの?」

「五時ぐらい。でも、昼過ぎにはまた出なきゃいけないの。ちょっと仕事、全体的に押し気味で」

「そうなんだ。お疲れさま。でも昼過ぎなら、今からまだ少しは眠れるよね」

「うん、寝る。先に洗面所使わせて。化粧落とす」

「うん、いいよ」

立ち上がって洗面所に向かう奈々子の背中に、もう一回僕は「お疲れさま」と、呟いた。


「桜木《さくらぎ》君さ、いつもワイシャツぱりっとしてるけど、それ、自分でアイロンかけてるの?」

会社のロッカーにジャケットとカバンをしまっていたら、出勤してきた松山《まつやま》課長に、そう話しかけられた。

「うちのカミさん、最近かけてくれないんだよ。共働きの旦那さんはみんな自分でやってるんだから、あなたもそれぐらいしなさいって言われちゃって。まいったよ」

全然「まいって」いなさそうな顔で、松山課長は言う。七福神の布袋《ほてい》様にそっくりで、どんな精神状態のときでも、常に笑っているように見えるのだ。

「奥さん、お仕事始められたんですか？」

確か専業主婦だったはずである。

「ううん。でも、家事だって疲れるのよって、言われちゃうとねぇ」

だったら共働き夫婦の話を引き合いに出される筋合いはないのではと思ったが、「僕のは、形状記憶ですよ」とだけ返事しておいた。課長は言い返したりできないのだろう。

「なるほど、形状記憶ね。その手があったか。ありがとう」

たかがそんなことで、布袋様は本当に嬉しそうに笑ってくれた。僕もつられて笑ってしまう。

「桜木君、おはよう。ねえ、あんた最近奥さん孝行してる？」

席に着いてパソコンのスイッチを押したところで、既に自分の席に着いていた小田《おだ》さんに声を掛けられた。

「おはようございます。なんですか朝からいきなり」

「だって、ほら。食べさせてもらってる身だから、たまにはご機嫌取りしなきゃいけないでしょ？」

『共働き夫婦が増えたから、下手したら奥さんのほうが収入が多いって家庭も出てくるわよね。最近結婚した、友達の娘さんのところが、そうらしくて』

以前になにかの話題で妻が僕の倍以上稼いでいることを話してから、ことあるごとに小田さんは僕を、「奥さんに食べさせてもらってる身」だと言って、からかってくる。

「この店、昨日行ったんだけど、すごくおいしかったの。今度奥さんに買ってあげなさいよ。今、人気の店みたいだし」

赤いカードが差し出された。ケーキ屋の割引券らしい。

「ありがとうございます。いつも僕の家庭内権利の維持にご協力いただいて」

丁重に頭を下げて、カードを受け取った。小田さんのからかいには、いつも愛が籠《こ》もっている。だから僕も、撥《は》ねつけることはしない。

「いいのよ。お礼なんて期待してないから」

笑ってそう言いながら、小田さんは顔の前で手を振った。おばさん特有の仕種である。

確か今年で四十八歳。実際おばさんだから仕方がないか。松山課長は、小田さんよりちょうど十歳上だと聞いている。

「痛っ」

ロッカーの方向から、そんな声が聞こえて振り返った。半分開いたロッカーの扉の横で、山村さんがおでこを手で押さえていた。扉にぶつけたらしい。

目が合うと、小声で僕にそう訊ねてきた。

「はい」と、僕も小声で返事する。

「思ってたより、痛い」

真顔で山村さんがそう呟くので、「なんじゃ、そりゃ」と、もう少しで突っ込んでしまうところだった。思ってたよりって、なんだ。普段から「ここにおでこぶつけたら、痛みはこれぐらいかな」とか、考えてたのか？

山村さんは僕より二つ年上の三十歳。職場で唯一の同世代の人だ。唯一と言っても、たった四人の職場だけれど。営業だったら絶対に許されないであろう目や耳にかかりそうな長めの髪と、女の子みたいに白い肌とスーツを着ていてもはっきりとわかる猫背のせいで、初めて山村さんに会ったときは、せっかく歳の近い男の人がいたと思ったらオタクか、と僕は思ってしまった。実際には、迅速《じんそく》かつミスのない仕事をする頼れる人だった。人を見た目で判断してはいけない。でも、どこか天然というか、ずれているというか、少々風変わりな人ではある。

この職場、この三人の下で僕が働き出したのは、今から約一年半前。奈々子と結婚したのと同時期だ。

「……見た？」

その前は、外資系の証券会社で営業をしていた。帰国子女だと就職試験で優遇してもらえると聞いて、この就職難の中内定をもらえるならどんな会社でもいい、という思いで受けて入った会社だった。入ってすぐに後悔した。大学時代、経済系の科目は常に落第点ギリギリだった人間が、株式だの手数料収入だのの、プロになれるわけがなかった。それでも数年は、なんとかクビにならない程度に頑張って働いたが、不景気の煽《あお》りを受けて基本給が大幅に下げられ、能力給で稼ぐしかなくなったのと、ちょっと仕事で落ち込むことがあった時期が重なって、辞めた。

奈々子もその頃取り組んでいた仕事があまり上手くいっておらず、お互い仕事で満たされない気持ちを相手に求め、恋愛的には一番盛り上がっていた時期で、そのままの勢いで婚約した。上手くいっていないとは言え、既にその頃僕一人ぐらい余裕で養えるほど稼いでいた奈々子は、「別に焦らなくていいよ。ゆっくり、やりたい仕事見つければいいよ」と仕事を辞めた僕に言ってくれたが、結婚早々ヒモになるのはさすがにためらわれて、急いで就職先を探した。最初に受けたのが今の会社だ。焦っていた分、面接でも熱く語りまくった僕を、

「配属先は総務課だし、あなたみたいないい大学出てる帰国子女の方には、物足りないかもしれないですよ。小さい会社だから、給料もそんなに出してはあげられませんし。それ

でもいいですか？」

　と言いながら、雇ってくれた。

　採用通知をもらった次の日に、奈々子と二人で役所に婚姻届を出しにいった。「大げさにしたくないから」という奈々子の希望で、結婚式や披露宴《ひろうえん》はしなかった。

「ねえ、皆さん。よかったら今週の金曜日、飲みにいきませんか？　うちその日、カミさんも娘も出かけちゃって、僕一人なんだよねぇ」

　松山課長が、思い切ってという感じで、僕たち三人に話しかけた。

「あらー、いいわねぇ。桜木君の歓迎会以来よね。お二人、予定は？」

　小田さんが、山村さんと僕の顔を交互に見る。「大丈夫です」と山村さんが返事をする。僕も同意の意味で頷いた。

「桜木君、本当に大丈夫？　奥さんに怒られたりしない？」

　小田さんは、また楽しそうに僕をからかう。

「大丈夫ですよ。飲んで帰っても、向こうの方が遅いと思うんで」

「あんたの奥さん、本当にいつも忙しそうよねぇ。マスコミ関係だっけ？」

「まぁ、ざっくり言えば。今は大きな仕事にかかってるんで、特別忙しいんですよ」

「じゃあ、週末は飲み会で決まりだね。嬉しいなぁ。思い切って誘ってよかったな」

松山課長が、元々笑っている顔をさらにほころばせた。

ベッドに入って目を瞑《つむ》ったのと同時に、玄関の方でなにか音がするのを聞いた。起き上がって、電気を点ける。時計は深夜一時半を指していた。寝室を出た。

「ごめん、起こした？　ただいま」

リビングに入ってきた奈々子が、荷物を絨毯に置きながら言った。

「ううん、まだ寝てなかった。おかえり」

「疲れたー。ねえ、私、ご飯中途半端にしか食べてないの。お腹減った。なにか食べに行きたい。付き合ってよ」

「こんな時間にやってる店、ないよ」

「前に原田《はらだ》さんと三人で行ったラーメン屋は？　あそこ、明け方までやってたよね？」

原田さんとは、奈々子のビジネスパートナーだ。僕も何度か会ったことがある。

「確かにあそこはやってるか。でも僕、ご飯食べたし、こんな時間からラーメンはきついよ」

「私はお腹減って死にそうなのよ！　このままじゃ眠れないの！　男でしょ？　ラーメン一杯ぐらい入るってば」

口を尖らせて、奈々子は目茶苦茶なことを言う。

「付き合ってくれないなら、私、一人で食べに行っちゃうわよ。いいの？」

こうなったらもう、手が付けられない。仕方なく僕は「わかったよ」と呟いた。「やった」と奈々子は生意気そうな笑顔を浮かべる。

僕が奈々子に逆らえないのは、別に「食べさせてもらっている身」だからではない。知り合った頃から、こいつの気分屋には常に振り回されっぱなしなのである。

「今日はもっと早く終われる予定だったんだけど、ほら、新人の女の子と一緒にやってるって話したでしょ？　彼女が今日はミス連発でさ。他人のせいで帰れないって、疲れ倍増するね。しっかりしてよ！　って、怒鳴りたくなっちゃったわ」

ラーメンをふうふう冷ましながら、奈々子が言う。

「え、まさか怒鳴ってないよね」

「抑えたわよ。一生懸命やってるのは、わかるもん。それに、仕事始めたばっかりの十九の子に、私みたいなもうすぐ三十路《みそじ》の女が怒鳴ったら、いかにもお局《つぼね》様みたいになっちゃうじゃない」

カウンター席の隅の方に座っていた男性客が、音を立ててラーメンを啜った奈々子の方に顔を向けた。明日に響かないためと、奈々子は化粧を落として出てきている。奈々子と男の間に座っていた僕は、体を傾けて男の視界から奈々子をかばった。

「そっちはどう？　仕事」

「まぁ事務仕事だし、毎日何事もなく淡々とこなしてるよ。あ、金曜日の夜、職場の人と飲みに行くことになったんだけど、いい？」

「いいよ。どうせ私、仕事だし。職場の人、面白い人ばっかりって言ってたよね。いいなぁ、楽しそう」

「まあね」と頷いて、僕は水を一口飲んだ。

「おかげですっかり最近、あののんびりした空気に馴染んじゃって、よくないかなぁと思うときもあるけど」

　ヒモは嫌だからとりあえず就職はしたけれど、落ち着いたら、もう少しやりがいがあって給料もいい仕事を探そうと思っていたはずなのに。奈々子のおかげでお金には困っていないし、妻が忙しくてあまり家にいられないなら僕がやればいいと思って家事を始めたら、家事は奥が深くいくらやってもやり過ぎることはなく、それなりに時間を潰せてしまう。それで最近はすっかり、新しい仕事を探す気力が薄れてきてしまっている。

「いいんじゃないの？　好きなもの扱ってる会社なんだし。忙しくても興味のない分野の仕事よりはいいと思うけどな」

奈々子がそう言ってくれたので、とりあえず頷いておいた。ラーメンを啜る。でもやっぱり、せめて「奥さんに食べさせてもらってる」ではなく、「奥さんの方が稼いでいる」ぐらいには出世したいという思いもある。

ラーメン屋を出たら、冷たい風に体を包まれた。そろそろ会社にもコートを着ていってもいいかもしれない。

「あー、お腹いっぱい！　おいしかった！　ありがとう。付き合ってくれて」

さっき僕が降伏したときの生意気そうな笑顔とは違った、しみじみ喜びを噛みしめているようなやわらかい笑顔を、奈々子が見せた。僕の胃は早くもどっしりと重くなっていたが、その顔を見たら、そんなことはどうでもよくなってしまった。

「寒い、寒い。風邪ひいちゃう」

そう言いながら、奈々子が体を僕の体にぴったりと寄せてきた。僕はゆっくりと、奈々子の肩に腕をまわした。

「それで娘が、今度彼氏を連れて来るって言うんだよ。もう今から緊張しちゃってねぇ。変な男だったらどうしよう」

「わかります。うちも前に息子が連れてきた彼女が、高校生なのにホステスさんみたいな化粧した子でね。私、一瞬固まっちゃいましたもん」

かれこれ一時間近く松山課長と小田さんが、「年頃の子供を持つ親の気苦労」話で盛り上がっている。話を広げられるわけもない僕は、仕方なくたまに相槌を打つことで参加している雰囲気を出していた。同じ立場のはずなのに、山村さんは僕のように所在なさげな風もなく、聞き役に徹しながら涼しい顔で飲んでいる。意外とお酒は強いらしい。

「ちょっと桜木君、あんた全然飲んでないじゃない！　喋りもしないし。せっかくなんだから盛り上がりなさいよ！」

赤い顔をした小田さんが、僕にビールジョッキを押し付ける。

「うんうん、桜木君もなにか話してよ。そうだ、奥さんの話、聞きたいな。普段あんまり話してくれないよね」

松山課長の言葉に、小田さんが目を輝かせた。

「聞きたい、聞きたい！　桜木君、妙に秘密主義のところあるのよね。中学校のときから付き合ってるんでしょ？　山村君も確かそうだったわよね」

「僕は高校時代からですよ」

山村さんが、小田さんのテンションとは不釣り合いに、淡々と返事をした。

「そうなんですか？　長いですね」

僕は隣の山村さんの顔を見た。彼女がいるというのは聞いたことがあったが、そんなに長い付き合いだとは知らなかった。毎日顔を合わせているけれど、お互い自分の恋愛話なんてしたことがない。男同士なんてそんなものだ。

「でも、桜木君は中学のときからなんでしょ？　そっちの方が長いよね」

山村さんが僕の顔を見返す。

「いえ、中学の同級生ではあるけど、ずっと付き合ってたわけじゃないんです。だって僕、アメリカに居た時期あるし」

中学二年からの五年間、親の仕事の都合でロサンゼルスに住んでいた。日本の大学を帰国子女枠で受験して、入学するときに帰国した。

「そっか。あんた、帰国子女だったわね。別に自己主張強くないし、身振り手振りも大きくないから、そんな感じしないけど」

小田さんが言う。

「帰国子女が、みんなそんなステレオタイプなわけじゃないですよ。僕はもう中学生になってたから、性格もそんなに変わりませんでしたよ。日本に帰ってくるつもりでいたから、土曜日だけ日本人学校にも通ってたし」

「じゃあその間、奥さんとは遠距離恋愛だったの？　いいねえ。純愛だね」

松山課長が、女の子みたいにうっとりとした目つきをする。

「そんなんじゃないですってば」

「じゃあ、どんなんなのよ？」

「今日はじっくり話してもらおうか！」

小田さんと松山課長は、完全に酔っ払いのノリだ。山村さんは酔ってはいなさそうだが、二人と同じく僕の顔をじっと見ている。僕が話し出すのを待っているらしい。

「いや、だから……」

普段なら、こういう話は適当に流して誤魔化すのだけれど、仕方がない。空気を壊すことはしたくない。

「引っ越すとき同級生みんな、毎月手紙書くよとか言ってくれたんですけど、そういうのって最初だけで、段々疎遠になって、最後は音信不通になるじゃないですか？　でも今の奥さんだけは、ずっと頻繁に送り続けてきてくれて、だから僕も返事書いて……。好奇心旺盛《おうせい》なやつなんで、海外暮らしに興味があっただけだとは思うんですけどね」

「じゃあ、帰ったら一緒になろうね、みたいな感じ？　ドラマみたーい」

今度は小田さんが、うっとりした顔をする。

「いや、そんなんじゃや。大した内容の手紙じゃなかったし。帰国してから会いはしましたけど、しばらくはただの友達だったんですよ。……でも」

でも、あるとき、奈々子が年上の男と付き合っているという噂を聞いた。それまでの僕と奈々子のノリだったら、電話の一つでもして冷やかしてやるところだったのだけれど、何故かそのとき僕は、それができなかった。もしかして、自分は妬《や》いているのだろうか？そう悩んでいたところに、今度は奈々子がその男に振られたという話を聞いた。いても立ってもいられなくなって、すぐに奈々子に会いに行った。付き合い出したのは、その後だ。

「でも、なによ？　それからどうなったの？」

小田さんは追及してきたが、さすがにその辺りまで詳しく話すのは恥ずかしかった。

「まぁ、気が付いたら付き合ってたみたいな感じですよ。よくある話です」

「なによ、つまんない。もっと語りなさいよ」

僕の言葉に、小田さんは口を尖らせる。

「今度飲むときは、二人とも奥さんや彼女、連れて来てよね。僕の家でホームパーティーなんてどう？　僕、実は憧れなんだよね。家族ぐるみで、部下と仲良くするの」

松山課長が言った。顔が赤いのは酔いではなくて、照れているようだ。

「山村君のところは、結婚話出ないの？」

松山課長が流れを止めてくれたおかげで、小田さんの矛先《ほこさき》が山村さんにまわった。ホッとする。

「まったく出ないわけではないんですけどね。付き合いが長過ぎて、タイミングがわからないって言うか」

「そんなんで延ばし延ばしにしてたら、他の人に持って行かれちゃうわよ。あんた、妙にボーッとしたところあるんだから。ただでさえ付き合いが長かったら、本当に私、この人でいいのかな？　他の人とも付き合ってみてもいいんじゃないかな？　とか、考えちゃいそうじゃない？　ね、桜木君。あんたは、そういうこと考えなかった？」

「僕ですか？」

あっという間に、矛先が戻ってきてしまった。

「まぁ、まったく考えなかったとは言いませんけど……」

三人が、僕の顔をじっと覗き込んでいる。諦めるしかなさそうだ。僕はビールを一口、勢いよく飲んだ。

酔っ払ってしまえ。酔わないと自分の恋愛話なんて、恥ずかしくて語れない。

普段より飲んでしまったので、店を出たとき、僕の足は少しふらついていた。

「あ、ゆうちゃんだ」

みんなで信号待ちをしていたときに、松山課長が向かいのビルの街頭テレビを指差して言った。トーク番組が映っている。

――というわけで、今、映画の撮影真っ最中のゆうちゃんですが、どうですか？　大作だということで、緊張はあります？

女性アナウンサーがインタビューをしている。

『ないと言えば嘘になりますけど、その分気合いも入りますね。ところで、ゆうちゃんって未だに呼ばれるの、ちょっと恥ずかしいです。私、もう結構いい歳ですよ』

――いい歳だなんてことはないですけど。国民的女優と言えばダントツという気がしますし、若くしてベテラン女優の貫禄もありますよね。

『そうですか？　ありがとうございます』

信号が青になった。

「課長、ファンなんですか？　ゆうちゃん」

歩き出しながら、小田さんが課長に訊ねる。

「ゆうちゃんの役やってたとき、うちの娘もこんな純粋で優しい子になればいいなあと思ってたんだけどね。どこで間違っちゃったんだか、まったく」

「私はゆうちゃんのときより、大人になってからの彼女のほうが、元気でしっかりしてる感じで好きですねえ。男女で意見、分かれるのかしら？　二人は？　ゆうちゃん世代でしょ？　昔、夢中になった？」

小田さんが、少し後ろを歩いていた僕と山村さんを振り返った。

「僕、ゆうちゃんのドラマは、リアルタイムで観てないんですよね。アメリカに居たときだったから」

昔流行ったものの話がわからないのが、帰国子女であることの一番の弊害《へいがい》だ。

「僕も観てなかったです。でも、うちの彼女は小田さんと一緒で、他の役のときのほうが好きって言ってましたね。というか、ゆうちゃんは嫌いだったって」

僕の隣で山村さんが言う。

「えー、どうして？」

今度は松山課長が振り返った。

「親の離婚で一家離散になって、可哀想な女の子の話だったんですよね？　うちの彼女、母子家庭だったから。そのドラマが流行ったせいで、彼女も可哀想って目で見られたりして、そういうの嫌だったみたいです」

前を歩く松山課長と小田さんが、反応に困っているのが雰囲気でわかった。なにか新しい話題はないだろうか。僕も頭を働かす。

「あ、猫。三毛だ」

けれど次に口を開いたのは、再び山村さんだった。歩道の植え込みに猫を見つけて、嬉しそうに腰を落として、近付いて行く。

「知ってます？　三毛猫って、ほとんどメスなんですよ」

そう言いながら得意気に振り返った山村さんを見て、小田さんと松山課長は安心したのか、顔をほころばせた。

「そうなの？　どうして？」

「いいねえ、猫。うちも昔、飼ってたよ」

そして二人とも山村さんと同じように、植え込みの猫に近付いて行った。大の大人三人が中腰になっている光景は、なんとも奇妙なものだった。道行く人も、怪訝そうな顔をして見ている。

まったくおかしな、でもなんだか憎めない人たちである。三人の後ろ姿を眺めながら、僕は一人、小さく笑った。

大学の同級生の岡野《おかの》から久しぶりに電話をもらって、週明けの仕事帰りに飲みに行った。

「おーい、桜木！　こっち、こっち」

待ち合わせた店に先に着いていた岡野は、窓際の席から大きな声で、僕を呼んだ。

「元気か？　お前、変わらないな」

近付いた僕をわざわざ立ち上がって迎えて、肩に腕をまわして軽くハグをする。僕のためにおしぼりを持ってきてくれた女性店員が、怪訝な目で僕らを見ていた。

岡野は、小田さんが言うところの「自己主張が強く」、「身振り手振りが大きい」、ステレオタイプの帰国子女だ。僕と違って、小学校から高校までずっとアメリカだったというから無理もない。空気を読まずに会話したり、ときどき言葉が英語と日本語のチャンポンになってしまったりするので、大学内で「絡《から》みづらいやつ」と同級生たちから敬遠されがちで、見兼ねて「僕も帰国子女なんだよ」と僕の方から声をかけて仲良くなった。

「奈々子ちゃんは元気か？」

「まあね。相変わらず忙しくはしてるけど」

「桜木、まだあの小さい会社で総務の仕事してるんだよな？　前の会社のときから、給料半分ぐらいになってるんじゃねーの？」

乾杯もそこそこに、岡野はいきなりそんなデリケートなところに突っ込んできた。相変わらずだ。

「さすがに半分ってことはないけど、かなり減ったのは事実だな。でも、なんだかんだでまだ続けてるよ。なんか、妙に居心地がよくてさ」

「男のプライドとはどう決着付けてんの？　奥さんの方が圧倒的に収入高い事実については、どう捉えてるんだ？」

「あのさぁ、長い付き合いとは言え、もうちょっとオブラートに包んだ言い方してくれないかな？　僕だって、全然気にしてないわけじゃないんだから」

苦笑いしながら、ビールのお通しのたこわさを口に入れた。鼻にツンと来る。

「そうか、そうか。一応気にしてるんだな。だったら話は早い。あのさ、俺仕事辞めて、自分で会社起こそうかと思ってるんだ。お前も一緒にやらないか？　職場の先輩と一緒に今準備してるんだけど、もう一人ぐらい人手が欲しいよなって話になって、お前のこと話したら、先輩も是非って乗り気でさ」

岡野は急に、テーブルに身を乗り出した。

「は？　なんだって？　話の展開早すぎて、付いていけないんだけど。仕事辞めるの？　なんで？　不況の煽《あお》りがお前の会社にも来たのか？」

岡野は、中堅の商社で営業をしている。

「来てるよ。基本給も減ったし、残業も暗黙の了解でサービスだし。ついにこの冬は、ボーナスも出ないんじゃないかって話なんだ」

岡野は深く溜め息を吐いた。こいつが溜め息を吐くのなんて、初めて見た。

「そっか。それは大変だな」

「だから、転職するなら今がいいタイミングだと思うんだよ。年齢的にも、あと数年経ったらキツイだろ。ネットビジネスの会社をやるつもりなんだ。お前も来いよ。やっぱりこれからはそっち系だろ」

再び岡野は身を乗り出す。

「そうなのかな？　一時期より勢いはないんじゃないの？　よくわかんないけど」

「でも、まだ終わってはいないだろ。広告収入で一緒に一山当てようぜ」

「いや、僕はちょっと。そういう儲《もう》け方の仕組み、イマイチ理解してないんだよな。経済弱いから」

それなのに自分で一から始めるなんて、到底無理な話である。

「お前、頭は悪くないんだから、今から勉強すれば大丈夫だよ。いいこと尽くしだぞ？自分たちの経営だから、上司とのしがらみとかないし、休みや勤務体制も好きなようにできるし。軌道《きどう》に乗せさえすれば、今のところの何倍も稼げるぜ。いつまでも奈々子ちゃんに頭上がらないままじゃ、お前だって嫌だろ」

「僕の方が稼いだところで、奈々子に頭上がらないのは変わらない気がするんだよな。性格的に」

「確かに」などと言って笑ってくれるかと思ったのに。岡野は僕の言葉をあまり聞いていないようだった。

「それに、いつまでも奈々子ちゃんが働けるとは限らないんだぜ。今まで忙しくしてた分、いきなり引退したいとか言い出すかもしれないし、子供ができたりしたら休まなきゃいけない時期だって出てくるんだし」

「それは、そうだけど……。でも、その仕事は悪いけどあんまり興味ないよ」

「聞いたこともない会社でチマチマ誰でもできる仕事やってるよりは、マシだと思うけど?」

その言葉には、さすがに少しカチンときた。でも悪気があるわけではないのはわかっているので、頑張って抑える。

「事務だって立派な仕事だぞ。ミスは許されないし、正確さや集中力が要求されるし」

代わりに、そう反論しておいた。

「じゃあお前、これからもずっと今の会社にいるつもりか?」

「そう決めてるわけじゃないけど……」

確かに、最初はすぐに辞めるつもりだった。だから、これからもずっとかと聞かれると困ってしまう。岡野が言う通り、転職をするなら三十前の今がいいタイミングなのかもしれないとも思う。

「いい返事待ってるからなー」

駅の改札で別れるまで、岡野は何度もその言葉を口にした。「やらないって」とその都度僕は、呆れながら返事した。


今日は久々に常識的な時間に帰れると奈々子から昼間にメールがあったので、僕もいつもより早く仕事を切り上げて、定時ぴったりに会社を出た。途中で、この間小田さんが割引券をくれたケーキ屋に寄った。

「いつの間にこんなに料理の腕上がったの？　このタコライス、おいしい！　なんか幸せだなぁ。こんなにゆっくり一緒にご飯食べたの、久しぶりだよね」

僕の作った夕ご飯を食べながら、奈々子は嬉しそうにそう言った。食後にそれまで隠していたケーキを出すと、「きゃあ」と今度は子供みたいな声を出した。

「嬉しい！　職場でもこのケーキ屋さん、話題になってたの。私一足先に食べちゃったもんねって、明日みんなに自慢しよう」

「お礼なんて期待してない」と言っていたが、これは小田さんに押し付けてでもお礼をしたほうがよさそうだ。はしゃぐ奈々子を目の前にして、僕はそんなことを考えながら一人でにやけた。奈々子が忙しく働くことにはなんの文句もないが、たまにはやっぱりこういう時間があると嬉しい。

「ねえ、私、来月半ばからアメリカに行くって話、したよね?」

食べ終わった食器を下げていたとき、奈々子が思い出したというように、そう話しかけてきた。

「うん、聞いたよ。半月ぐらいだよね」

今の仕事の締めは、アメリカでの作業になるらしい。偶然にも、昔僕が住んでいたロサンゼルスだ。

「そう。それでね、仕事自体は十日前後で終わるんだけど、その後、ちょっと長めに休暇くれるって言うの。ほら私、ここ半年ぐらいまともに休んでないから。あなたに休み合わせてもらって、二人でゆっくり観光してきたら? って原田さんが言ってくれたんだけど、どう?」

奈々子は目を輝かせている。

「僕も？　でも、ロスでゆっくり観光って言うと、最低でも一週間ぐらいは滞在するよね？　そんなに休み取れないよ」

「年末年始は休みでしょ？　そこに合わせて二、三日休めば、なんとかならない？　有休とか、あるんでしょ？」

「あるけど、そんなに簡単に使えないよ」

「どうして？」

奈々子は僕の顔を見て首を傾げた。

「どうしてって、誰も使ってないし。そういうもんだろ、普通。それに、休んだらその間仕事に穴開けちゃうし」

「でも仕事って、事務作業なんでしょ？　誰かに代わり頼んでおけば、なんとでもなるんじゃないの？　もちろん、私からも職場の人にちゃんとお礼のお土産買って……」

「なんとでもなるとか言うなよ。誰でも代わりができる仕事で悪かったな。そりゃ、奈々子は自分にしかできない仕事していて偉いけど」

奈々子の言葉から、この間岡野に言われたことを重ねて思い出して、つい大きな声を出してしまった。

「ごめん」

しばらくの沈黙の後、僕と奈々子の声が重なった。

「ごめん。言い過ぎた」

奈々子が言葉を続けようとしないので、僕の方から先にそう言った。奈々子は首を大きく横に振った。

「せっかく原田さんが気を回してくれたから、応えたいって思っちゃったの。それに私、アメリカ行ったことあるけど、いつも仕事でゆっくりしたことないし……。あなたが住んでた場所、一度見てみたいなって前から思ったのよね」

俯き加減で、奈々子はぼそぼそと呟いた。僕はもう一度、「ごめん」と言った。

「ううん。……でも、普通はそういうものとか言うのは止めてよ。私、普通の会社に居たことなんてなくて、わからないんだから」

そう言ったのと同時に、奈々子の目から涙がこぼれ落ちた。僕も驚いたが、奈々子本人も驚いたようだ。指で拭いながら、「嫌だ。なに泣いてるの、私」と言った。

「ごめん、奈々子。そうだよな。せっかく原田さんが提案してくれたんだし……。明日、課長に聞いてみるよ」

「ううん。立場が悪くなったら嫌だし、いい。ごめんね。私こそ、ついはしゃいじゃって。あなたの仕事、バカにするような言い方もしちゃったし」

奈々子の涙は止まることなく、どんどん溢れ出してくる。

「私、ちょっと疲れてるんだと思う。ここのところ働き詰めだから。もう寝るわ」

そう言って奈々子はリビングを出て、寝室に向かった。

追いかけたほうがいいかと迷ったが、疲れが溜まっていて休みたいなら、一人にしたほうがいいかもしれないと思って、止めておいた。

それにしても――。気分屋で、笑ったり泣いたり忙しいのは昔からだけど、あんな風に静かに泣くのはめずらしい。ケンカするときは、僕を責めながら興奮し過ぎていつの間にか泣き叫んでいる。僕以外の人間となにかあったときは、「聞いてよ!」と喚《わめ》きながら、やっぱりいつの間にか涙も流しているというさい泣き方が、いつもの奈々子のパターンなのに。


次の日から、奈々子の仕事はまた忙しくなったようで、仕事場の近くのホテルに泊まって、帰って来ないことが続いた。ケンカした直後からというのが多少気にはなったが、毎日「ごめん、今日も泊まりになりそう」とメールは来たし、偶然なのだろう。僕に会いたくなくて帰って来ないなら、「しばらく帰ってやらないから」と堂々と言うようなやつである。

松山課長の顔を見る度に、僕は有休が取れるかどうか聞いてみようかと迷った。でも、奈々子がもう原田さんに断わってしまった可能性があると思い、実行できずにいた。

「桜木君、ちょっといい?」

松山課長のほうから話しかけられたのは、そんなある日のことだった。

「なんですか?」

「うん、ちょっと」

給湯室の隣にある、会議室とは名ばかりのまったく使われていない小さな部屋に、松山課長は僕を招き入れた。


家に帰ると、例の死体の姿勢で、奈々子が絨毯の上に倒れていた。パジャマを着ている。帰ってきて、寝ようと思って着替えたところで、限界が来てしまったのだろうか。

「奈々子」と、いつものように揺すって起こしてから話を聞くと、違った。

「昼前に一旦帰ってきて、少しだけ眠ったの。でも、今からまた行かなきゃいけないんだ。原田さんが、もうすぐ迎えに来るの」

ということらしい。それで起き出してきたのだが、いつまで経ってもだるいので、少しだけと思って横になったら、そのまま眠ってしまったという。

「大丈夫？　顔色悪いよ。休ませてもらえないの？　行っても仕事にならないんじゃない？」

「大丈夫。生理中だから、貧血気味なだけ」

言いながら、奈々子はゆっくり立ち上がった。顔が真っ青だった。休んだほうがいいように思えた。でも僕が「休め」と命令していいものなのかどうかわからないし、本人が行くと言っている以上、譲らないだろう。

「無理し過ぎるなよ。それと、話したいことがあるんだけど……。原田さん、もう来るんだよね？　今度のほうがいいかな」

「なに？　着替えながら聞いてもいいなら、今、話して。今度いつ帰って来られるかわからないし、気になって仕事にならなくなっちゃうから」

「そう？　実は今日、課長からさ。人事部に異動してくれないかって言われたんだ」

「人事部？　いいじゃない」

奈々子の顔が明るくなった。

「やりがいありそうな仕事よね。今の課の人たちと離れちゃうのは淋しいだろうけど、同じ会社だから、会えなくなるわけじゃないでしょう？」

「そうなんだけど」

実はあまり、乗り気ではなかった。前の証券会社での出来事を思い出す。僕が勧めた証券が当たらず、顧客だった老夫婦に大きな損をさせてしまったのだ。リスクは承知の上だったし、僕のせいではないと老夫婦は言ってくれた。でも、若い頃からコツコツ貯めた二人のお金を僕がパアにしてしまったかと思ったら、受け止め切れなかった。ずっと向いていないという想いを抱いていたこともあったが、会社を辞めた直接の理由はそれなのだ。

またあんな風に、自分の言動が他人の人生に影響を及ぼしてしまうのは避けたい。だから、採用、不採用や、社員の配属部署などの権利を握っている人事部は、気が進まない。

「行きたくないの？　でも、そういうのって断われるの？　断わったら、会社に居づらくなったりしない？」

奈々子が心配そうに僕の顔を見る。確かにそうなのだ。その可能性はある。だから困っている。

そのとき、岡野のことを思い出した。そう言えば奈々子に、あいつとの話はまだしていない。岡野が立ちあげる会社に行く気はあまりないが、念のため、こんなことがあったという程度に、奈々子に説明をした。

「うーん。どうなのかなぁ」

岡野の話には、奈々子は眉をひそめた。

「岡野君が新しいこと始めるのは応援したいけど、あなたには向いてないんじゃない？　苦手な分野だし、興味もないでしょ？」

「うん、まあね」

でも、直接人と関わることが少ないから、あんな思いをすることはなさそうだ。それに、休みや勤務体制も自分の好きなようにできる。そう言っていた。奈々子の休みが不定期だから、僕たちはいつも、なかなか休日を合わせられないでいる。

テーブルの上に置いてあった、奈々子の携帯が鳴った。

「原田さんだ。続きは今度でいい？　ごめんね。私は人事の話、いいと思うけどな」

そう言って、奈々子はバタバタと出て行った。

原田さんから僕の携帯に着信があったのは、次の日の朝。乗り換えの駅のホームで電車を待っているときだった。

「桜木さん？　原田です。奈々子が倒れたんです！」

いつも冷静な原田さんの切羽詰まった声で、昨夜の奈々子の真っ青な顔を思い出して、僕は一瞬その場に倒れ込みそうになった。

なんとか持ち堪えて、その後は駅員に後ろから怒鳴って止められるぐらいの速さで、通勤ラッシュの駅構内をダッシュした。タクシーをつかまえて、原田さんに教えられた病院の名前を告げた。途中、会社に電話して事情を伝えた。

病院に駆け込んで受付で名前を告げると、若い女性の看護師さんが出てきて、「こちらにどうぞ」と僕を誘導してくれた。エレベーターで三階に上がって、「職員以外立ち入り禁止」と書かれたドアを開けられた。その先にある、明らかに普段は使われていなさそうな古びたドアの前で「こちらです」と言われた。こんなところに運ばれているなんて、まさか――。僕の心臓の鼓動は一層速く打った。

だから、扉を開けた途端、呑気な顔で煎餅《せんべい》を頬張っている奈々子と目が合ったときには、大げさでなく、気だけじゃなくて、腰まで抜けてしまいそうになった。

「ごめんなさいね、びっくりさせて。ただの疲れと、貧血みたい。十五年一緒に仕事してるけど、奈々子が倒れたのなんて初めてだから、私もびっくりしちゃって」

ベッドの横で奈々子に寄り添っていた原田さんが、気が抜けてなにも言えないでいる僕に、申し訳なさそうに頭を下げる。

「……なに、呑気に煎餅なんて食ってるんだよ」

やっと我に返った僕は、無神経に音を立てて煎餅をかじる奈々子を、睨みつけながら言ってやった。でも、怒っているということを示したかったのに、情けないほどに弱々しく震えた声になってしまった。

「だって、お腹減ったんだもん。撮影が押したからもう十時間以上、なにも食べてないんだもん。さっきまで寝てたんだけど、私、自分のお腹の音で目が覚めたのよ。笑っちゃうでしょ」

そう言って奈々子は、煎餅を飲み込んだのか、喉を鳴らした。僕ら二人の共通の好物で、家には常にストックが置いてある煎餅だ。奈々子は仕事場にもよく持って行っているようだ。

「目が覚めたら、念のためもう一回診察するって先生が言ってたんですけど、行けますか？」

看護師さんが奈々子に話しかけた。

「大丈夫です。ついでに、トイレも行って来ようっと」

奈々子はベッドから起き上がった。水色のガウンのようなものを着せられている。病院のものらしい。ベッド脇の籠《かご》には、奈々子が着ていたらしい服が入れられていた。昨日僕と話しながら着替えていたものとは違うので、倒れたときに着ていた衣装なのだろう。

「ちゃんと、他の人には会わない通路使いますから」

看護師さんが僕と原田さんにそう告げて、奈々子を連れて部屋から出て行った。この病室も、他の患者さんに見られて騒ぎにならないように、病院が配慮して用意してくれたのだという。

「スタッフでこっそり運んだから、マスコミにもバレてないと思う。ごめんなさいね。スケジュールが押してて、最近かなりハードに働かせてたから」

もうすぐ五十歳になるという原田さんだが、自分は表舞台には立たないとはいえ、華やかな世界で働いているからか、若い。三十代だと言われても、信じてしまう。ゆうちゃん役のドラマの頃から、ずっと奈々子専属でマネージャーをしてくれている。

「いえ、こちらこそ。僕が、家でもっと健康管理してやればよかったです」

「体もだけど、やっぱり最近は精神的な疲れもあったのかしら。ほら、ミユキからの手紙とか……。気にしてないって本人は言ってるけど、さすがに堪《こた》えてると思うのよ」

「手紙? なんですか、それ」

「あら、嫌だ。聞いてなかった?」

原田さんの説明によると、ミユキとは、子役時代に奈々子と同じ劇団に所属していた、元タレントだという。ゆうちゃん役のオーディションも、奈々子と一緒に受けていた。二十歳ぐらいまでは彼女も芸能活動をしていたらしいが、昔のライバルである奈々子とどんどん差が付いていくのを気にして、結婚を機に引退したという。ところが、その結婚生活が最近あまり上手くいっておらず、少し精神的におかしくなっているのか、奈々子に恨みごとを書いた手紙を送り付けてきたらしい。

「去年のドラマが、あんまり評価よくなかったじゃない？　私は奈々子じゃなくて、脚本のせいだと思いたいけど。あれを見て、『私はあなたの演技には敵《かな》わないと思って引退したのに、あれはなに？　こんなことなら、辞めなきゃよかった。女優を続けてたら、私の人生はこんなんじゃなかったのに。私の人生、壊しやがって』みたいなことをね」

原田さんは、大きな溜め息を吐いた。僕も吐きたくなった。言いがかりもいいところである。

「普段はファンレターとか、全部ちゃんとチェックするんだけど。昔の友達からだから油断して、奈々子に直接渡しちゃったのよね。ごめんなさい」

どう返事したらいいかわからなかったので、無言のまま、僕は首を横に振った。

僕が黙ってしまったので気まずくなったのか、原田さんはベッドの横にあるテレビをおもむろに点けた。

「あ、絵美子《えみこ》ちゃんだ」

テレビに映った若い女の子を見て言う。今撮影中の映画で、奈々子と共演している新人女優だ。

『憧れの杉崎《すぎさき》奈々子さんと共演できて、すごく嬉しいです。子供の頃、奈々子さんの、ゆうちゃんのドラマを見て、私も絶対、女優になる！　って決めたので』

インタビュアーから映画への意気込みを聞かれて、彼女は目を輝かせながら、そう答えた。

自分の言動が、他人の人生に影響を与える——。奈々子はその重みを、常に背負いながら生きているのだ。もう、ずっと昔から。

看護師さんと原田さんが気を遣って、戻ってきた奈々子と僕を二人にしてくれた。

「お騒がせしちゃって、すみませんでした。会社行く途中だったのよね」

素直に謝るのが恥ずかしいのか、奈々子はいたずらっぽく笑いながらそう言って仰々《ぎょうぎょう》しく頭を下げた。

「いいよ、そんなの」

「昨日は話、途中でごめんね。異動の話、いつ返事するの？」

奈々子はベッドに腰掛ける。僕は壁際に置いてあったパイプ椅子を広げて、それに座った。

「来週末までにはって言われてるけど……。でも、断るよ。それで居づらくなったら、会社辞める。岡野が誘ってくれてるし」

「断わるの？　どうして？」

「他人の人生に、影響を与える仕事だろ？　ただでさえ奈々子は常にそれと闘ってるのに、僕までその重みにやられたら、二人で総崩れになっちゃうよ。僕は奈々子を支えたいし……」

頭になにか衝撃を感じた。次の瞬間、目の前が真っ白になった。一瞬、僕まで貧血を起こしたのかと思った。奈々子に枕を投げ付けられたのだと気が付いたのは、自分の足の上でバウンドした枕が、床に転がるのを見たときだった。

「バッカじゃないの？」

さっきまでしおらしくベッドに腰掛けていた奈々子が、仁王立ちで僕の目の前に立っていた。頬が怒りで紅潮している。目は、これ以上は無理というぐらい釣り上がっている。

「あなたバカ？　なに逃げようとしてるのよ！　人事に行くのを避ければ、人に影響を与えずに生きていけるとでも思ってるの？　生きてれば、どうやったって人と関わるのよ！　一人で生きていける人間なんているわけないでしょ？　人と関われば、多かれ少なかれどこかで誰かに影響与えるに決まってるのよ！　その歳になって、そんなこともわからないの？　バッカじゃないの？」

勢いよく、扉が開いた。原田さんと看護師さんが顔を出す。原田さんは呆れ顔、看護師さんは驚いた顔をしている。

「原田さん、仕事戻る！　こんなバカ放っておいて、早く行こう」

籠の中の服を手に取って、奈々子は早足で扉に向かった。

「久しぶりに怒りのスイッチ入れてくれちゃったわね。元気出たみたいで、私は助かったけど。仲直りの世話はしないわよ。自分たちで勝手にやってね」

そう言って原田さんは、外国人がするように、大げさに首を竦めてみせた。

「祐一《ゆういち》」

扉のノブに手をかけていた奈々子が、不意に僕の方を振り返った。

「私がどうしてこの仕事ずっと続けてるか、あなた忘れたの？　あなたはね、その名前で生きてるだけで、私の人生に影響与えてるのよ！　忘れんな！　バカ！」

さすが女優だけある。最後のバカは見事に腹から出した声で、迫力満点だった。

「ちょっと奈々子！　その格好で出て行ったら、まずいってば！」

大股で出ていった奈々子を、原田さんが小走りに追いかけて行く。

――桜木祐一。僕の名前である。

「ゆうちゃんって、呼ばれてるの？　かわいいね」

中学一年生のときだった。休み時間に友達と喋っていたら、同じクラスの杉崎奈々子が近づいてきて、突然僕にそう話しかけた。

教室は少しざわついた。そのとき既に、チョコレートのＣＭに出るなど芸能活動をしていた奈々子は、気安く近付いてはいけない特別な存在として扱われていた。その奈々子が、教室にいても特に目立ちもしない僕に、突然話しかけたのだ。しかも、やけにニヤニヤしながら。

奈々子は手に巾着《きんちゃく》袋を持っていた。僕はそれに見覚えがあった。僕の弁当箱だった。僕が忘れて行ったことに気が付いた母親が学校まで届けに来て、校門の近くを歩いていた奈々子に声をかけたそうだ。

一年二組の教室の場所を訊ねた母親に奈々子は、「私と同じクラスだから届けましょうか？」と申し出た。母親は「お願いできる？」と言って、奈々子に巾着袋を託《たく》した。その際に、「ゆうちゃんに、『このドジ』って伝えてくれる？」と余計なことを言いやがった。

それから一年間、奈々子はこれ見よがしに大きな声で、「ねぇ、ゆうちゃん」と言いながら近付いて来ては、なにかと僕に絡んできた。

アメリカに渡ってから、最初に奈々子から届いた手紙の書き出しは、「そっちでも、ゆうちゃんって呼ばれてるの?」だった。

中三になるときに奈々子は私立の中学に転校したと聞かされたが、理由が「仕事の都合で」としか書いていなかったので、親の仕事の関係で引っ越したのかと思っていた。「まだ芸能人続けてるの?」と手紙で訊ねたことはあったが、「辞めてはいない」としか答えないので、僕が日本にいた頃のように、気まぐれにときどき活動している程度だとずっと思っていた。インターネットなどで日本の情報ページでも見ていたら真実を知れていたのかもしれないが、僕は昔からパソコンや情報収集に疎《うと》かった。

帰国してすぐ、空港の壁に貼られていたポスターで、奈々子と再会をした。それはスポーツドリンクの広告のポスターで、挑むような顔をして、奈々子はじっとこちらを見ていた。

帰国したらすぐに連絡すると約束していたのだが、少し保留にして、僕は奈々子の出たドラマやCM、雑誌のインタビューなどを集めて、見まくった。そこに映っている奈々子は間違いなく僕の知っている奈々子なのに、まったく知らない人のようにも思えた。

だから決心して連絡を取り、待ち合わせ場所にやってきた奈々子が、「どうして、こんな場所指定するのよ! わかりにくい!」と、開口一番昔のように悪態《あくたい》を吐いたときには、ホッとした。

その日の奈々子は、ニット帽を被って縁の太いメガネをかけていた。僕らは人気《ひとけ》の少ないカフェに移動して、お茶を飲んだ。

「どうして言わなかったんだよ」という僕の問いに、「嘘は言ってないから、いいでしょ」と、奈々子はお得意の生意気な顔で答えた。その顔を見て、僕はまたホッとした。

「前はあんまり乗り気じゃなかったのに、芸能人」

子供の頃、塾に行く感覚で劇団に入って、なんとなくそのまま続けていると言っていた。

「まあね。何度も辞めようとしたんだよ。ストーカーに襲われかけたこともあったし」

その話は、一応手紙に書かれていた。ただ、「知らない人に勝手に好かれて、逆恨みされてさー。少しだけ危ない目に遭った。かわいいって罪だよねー」

と、バカなノリで書いてきていたので、そんなに大事件だとは思っていなかった。

「でも、辞めないんだな。これからも続けるの？」

そう訊ねると、奈々子はしばらく沈黙した後、「辞められないわよ」と呟いた。

「だって私、今なんて呼ばれてるか、知ってる？　芸名は、そのまま本名の杉崎奈々子なんだよ。でも誰もその名前で呼んでくれないの」

「ゆうちゃん、だっけ？」

僕は呟いた。酷く気恥ずかしかった。

「そう。冗談じゃないでしょ。だから、そのイメージから脱皮できるまで、ちゃんと名前で呼んでもらえるようになるまでは、辞めない。じゃないと、あんたのこと呼ぶ度に、自分を呼んでるみたいになって、変な気持ちになっちゃう」

そう言って、奈々子は挑むような目つきで顔を上げた。僕の顔を見ているはずなのに、その目はどこかずっと遠くを見据えているようにも見えた。

奈々子の言うとおりだ。僕は「祐一」という名前で生きているだけで、国民的女優、若くしてベテラン女優の杉崎奈々子に、影響を与えているのだ。忘れちゃいけない。

「悪い。この間の話、やっぱり断わるよ」

「なんでだよ？　ちゃんと考えてくれたのかよ。悪い話じゃないだろ？」

耳が痛くなるぐらいの大きな声を、岡野は出した。電話の向こうでは、派手な身振り手振りもしているかもしれない。

「なんでって……。やっぱりあまり興味持てない仕事だし。それに今の会社で人事部に異動の話が来てるんだよ。それ、受けようと思ってるんだ」

「人事部？　今の部署よりは出世になるのか？　でも所詮、地味な煎餅の会社だろ」

岡野は今日も遠慮なく口が悪い。

「まぁな。でも、その地味な煎餅が好きなんだよな、僕」

「ふっ」と岡野が鼻を鳴らして笑った。呆れられたらしい。

「そういうわけで、ごめんよ」

気にせず僕はそう言った。「わかったよ」と岡野が呟く。

「じゃあ俺はこれから稼ぎまくるけど、お前はそこで地味に頑張ってくれ」

「うん。悪いな」

電話を切ろうとしたら、「あ」と岡野が遮った。

「うちの親も、お前のところの煎餅のファンなんだよな。アメリカに居たときも、よく日本から送ってもらってたんだよ。確かに味はおいしいよな。嫌いじゃないよ、俺も」

今度は僕が、鼻を鳴らしてしまった。呆れたんじゃない。嬉しかったからだ。

「ありがとう」

「おう、じゃあな」

電話を切った。会社の自動ドアが開く。もうとっくに着いていたので、会社の前で喋っていたのだ。

僕の勤めるこの会社は、製菓メーカーだ。規模は小さいが、地味にロングランヒットしている煎餅で、なんとか不況も乗り切っている。

渡米したばかりの頃。ロクに英語も喋れなかった僕は、ロスの現地学校でしばらく友達もできず、一人ぼっちだった。休み時間は、一人で校庭で本を読んで過ごしていた。

ある日、同じクラスのジョニーという男の子が、本を読んでいた僕に話しかけてきた。僕が英語があまりわからないことに気が付くと、ジョニーはゆっくりと口を大きく開けて、喋り直してくれた。僕が頬張っていた煎餅を指差して、「それ、なに？　日本のお菓子？」と。

一枚あげると、ジョニーは「こんなおいしいお菓子、初めて食べた！」といたく喜んだ。それから僕はジョニーと仲良くなり、ジョニーをきっかけに友達も沢山できた。

奈々子の言うとおりだ。人は一人では生きていけない。

「だから御社の煎餅は、僕の人生の恩人と言っても、過言ではないんです。本当に僕は、御社の煎餅を愛してます」

とにかく早く仕事を決めたい一心で、面接のとき、勢い込んでそう語った。

「煎餅でそこまで熱く語る人は、初めて見たよ」

人事部長らしき男の人は、多少僕の勢いに引きつつも、

「でも、嬉しいね。僕らの作った煎餅が、そんな風に、どこかで誰かの役に立ってたなん

て」

最後はそう言って笑ってくれた。

奈々子の言うとおりだ。たとえ意図していなくても、人はみな、どこかで誰かに影響を与え、与えられながら、生きている。


「桜木君！　奥さん大丈夫だったの？　課長、桜木君、来ましたよ」

「どうだった？　みんな心配してたんだよ」

オフィスに入ると、小田さんと松山課長が昼ご飯を食べていた手を止めて、立ち上がって僕を迎えてくれた。

「すみません、心配かけて。ただの貧血でした」

僕は丁重に頭を下げた。

「そうか、それならよかった」

「本当に。電話に出てくれた子が、桜木君がすごく慌ててたって言うから、非常事態かと思ってドキドキしたわよ」

心から安心したという顔を、二人ともしてくれている。奈々子に会わせたことなんて、もちろんない。奈々子がどんなやつかさえ、ロクに話したこともないのに。

「だけど、よかった。せっかく山村君にいいことがあった日なのに、桜木君の奥さんが大病だったら、手放しでおめでとうなんて言えなかったもの」

小田さんが言う。僕は首を傾げた。

「山村君、婚約したんだって、彼女と。昨日、プロポーズしたらしいよ」

松山課長が説明をしてくれた。

「そうなんですか?」

「うん。桜木君のおかげで、決心が着いたんだって」

「は? 僕のおかげ?」

「ほら、この間飲み会のときに、あんたちょっとカッコいいこと言ったじゃない」

小田さんが、いやらしい顔で笑う。

他の人と付き合ってみたいとか考えなかった? という問いに、

「まったく考えなかったとは言いませんけど。でも、もし他にいいなと思う人ができたとしても、それは彼女を思ってるのとはまったく別の心の中の場所で、いいなと思うだけで。彼女のことを好きじゃなくなるなんてことは、一生ないんじゃないかと思ったんですよね。だから、結婚しようかな、って」

と、僕は答えた。答えたかもしれない。答えたような気がする。わざとだが酔っ払っていたので、あまり覚えていない。

「それに、いたく共感したんだって、山村君」

松山課長が、布袋様そっくりの顔で笑う。

僕の言動に影響されて、一組のカップルが結婚する。嬉しい、めでたい、と素直に思った。

半日の出勤扱いにするので、仕事は十四時から出直せばいいと言われた。とりあえず昼ご飯を食べようと課を出たら、「桜木君」と、松山課長が廊下を追いかけてきた。

「この間の異動の話なんだけど。返事は来週末でいいって言っちゃったけど、人事部のほうが、すっかりその気みたいでさ。悪いんだけど、早めに返事を……」

申し訳なさそうな口調なのに、やっぱり顔は笑って見える。

「大丈夫です。受けさせて頂きます」

そう言って僕は頭を下げた。

「ただ、大変勝手なお願いなんですが……。年末年始の前後で、二、三日休みをもらえないでしょうか」

人事部には、区切りがいいところで、年明けから異動して欲しいと言われていた。

「二、三日？　いいんじゃないの？」

松山課長は、今度は本当に笑った。

「有休は社員全員の権利だからね。たまには誰かが使ったほうが、みんな使いやすくなるんだよ」

きっと課長たちは、僕のために送別会を開いてくれるだろう。課長の家でのホームパーティーになるかもしれない。その席に、僕は奈々子を連れて行こう。みんなきっと、まず奈々子を見て驚いて、それからテレビと現物の奈々子のギャップに驚くだろう。でも最後はきっと、みんな笑いながら一緒に盛り上がってくれる。

一階でエレベーターを降りたところで、山村さんとすれ違った。コンビニの袋を提げている。昼ご飯を買いに行っていたらしい。

「奥さん、大丈夫だったの?」と話しかけられたので、「はい。ありがとうございます」と返事した。そして「おめでとうございます」と付け足した。

山村さんは一瞬、不思議顔をしたが、しばらくしてから、「あー、ありがとう」と呟いた。途中、間があったのは、いつもの独特なペースのせいではなくて照れたからだ。少しだけれど顔が赤かった。

会社のビルを出ると、冷たい風に体を包まれた。

「本当に、なにかいいことないかな。最近、気が滅入ることばっかりだよ」

「お前なんて、まだいいよ。俺の部署なんてさ」

前を歩くサラリーマン二人が、愚痴をこぼし合っている。

交差点で信号が赤になって、足を止めた。どこからともなく、聞き覚えのある音楽が流れてきた。

「お、杉崎奈々子」

僕の前で信号待ちをしていた、さっきの愚痴を言い合っていたサラリーマンの一人が、向かいのビルを見上げる。街頭テレビで、シャンプーのＣＭをやっていた。杉崎奈々子が、商品を手に持って、こちらに笑顔を向けている。

よく知っている笑顔のはずなのに、それはまったく知らない誰かの笑顔にも見えた。

「かわいいよなー。ちょっと元気出た」

サラリーマンが言う。

信号が青になった。

どこかの誰かに向かってほほ笑む杉崎奈々子を見上げながら、僕は足を一歩前に踏み出した。

解　説――自分の存在が誰かに影響を与えるということ

フリーライター　高《たか》倉《くら》優《ゆう》子《こ》

本書『君は素知らぬ顔で』の単行本が発売された二〇一〇年三月、刊行のタイミングで飛鳥井千砂《あすかいちさ》さんにインタビューさせていただいた。

かねてから「気になる若手作家は?」とか、「好きな恋愛小説は?」と聞かれたり、文芸の座談会などがあると彼女の名前や作品を挙げ、ずっと注目していたのだが、じつはその記事のひとつを見た担当編集者さんが声をかけてくださり、インタビューが実現したのだった。そういう意味でも、飛鳥井さんにはすごく縁を感じる。その後、もうひとつ深い縁を実感する出来事があったのだが、それは後に記すことにして、まずは彼女の経歴から振り返ってみたい。

飛鳥井さんは、二〇〇五年に姉弟の不器用な青春を描いた『はるがいったら』で「小説すばる新人賞」を受賞し、翌年デビューを果たす。それ以降、コンスタントに作品を発表し続けてきた。二作目は、若い教師が主人公の長編『学校のセンセイ』、三作目の『サムシングブルー』と四作目の『アシンメトリー』ではそれぞれ結婚をテーマに、悩みながらも一歩前に進む等身大の女性の物語を紡《つむ》いだ。そして五作目に上梓したのが、初の連作短編集である本書『君は素知らぬ顔で』だ（ちなみに、六作目の『チョコレートの町』では嫌っていた故郷で働くことになった青年の話を描き、八作目には海沿いの町をテーマにした短編集『海を見に行こう』を発表した）。

連作短編集といえば、二〇一一年八月、七作目の『タイニー・タイニー・ハッピー』がベストセラーになったことが記憶に新しい。もしかすると「タニハピ」の愛称で呼ばれる同作で飛鳥井千砂という作家を知ったという人も多いかもしれない。

巨大ショッピングモールで働く男女と、彼らの周囲にいる人々の心の機微を描いた作品で、まず書店員たちから熱狂的な支持を受け、彼らが作ったポップやフリーペーパー（手描きのイラスト付き相関図は圧巻だった！）によって、じわじわと売れ行きを伸ばした。

発売当時、私もこんな書評を書いた。

「飛鳥井千砂という書き手は、こういう、どこにでもいるような男女が抱える〝小さな悩みや心の揺れ〟を描かせたら非常にうまい。〜中略〜これは各話の主人公たちに言えることなのだが、彼らにはミラクルハッピーとか、劇的な変化が起きるわけではない。けれど、ほんのちょっとだけ気持ちが上向きになったり、数ミリ単位で前進するのだ。タイトルが示すとおり、それは〝小さな・小さな・幸せ〟であり、けれどそれこそが明日を生きる原動力になるものだと思う」

本書『君は素知らぬ顔で』もまた、著者の真骨頂といえる「どこにでもいるような男女が抱える悩みや不安」をすくい上げた、六話からなる連作集だ。単行本発売当時のインタビューでは、ただただ著者の観察眼の鋭さに感心し、リアリティのあるキャラクターをいかに生み出しているのか、ということを中心に話を聞いたのだが、文庫化にあたり、さらに解説を書くにあたって読み返してみて、改めて思った。

それは「やっぱり人間の描き方が抜群にうまいな」ということ。そして「連作を読む醍《だい》醐《ご》味《み》が存分に味わえる作品である」ということだった。

奈《な》央《お》は、同級生たちが夢中になっているポケベルにもルーズソックスにも興味が持てない女子高生。母子家庭で家事の手伝いなどもしているため、友人の亜《あ》紀《き》と悦《えつ》ちゃんとは頻繁に遊べず、どこか距離も感じている。けれど、同じ図書委員で「オタク系」の山村《やまむら》先輩の前では不思議と素直になれて……（「斜め四十五度」）。

受験に失敗し、浪人の末、前年も合格していた第二希望の大学に入学した洋介《ようすけ》。が、ある出来事を機に、大学にもバイトにも行かず、引きこもりになってしまう。そんな彼を救ってくれた人とは――（「雨にも風にも」）。

平井《ひらい》は結婚してから初めて浮気した。原因は妻の明子《あきこ》にある。女性開業医のもとでパートをするようになって以来、家事をおろそかにするようになり、口調も服装も変わってしまったのだ（「桜前線」）。

誰もが認める美人の純子《じゅんこ》はバブルを謳歌した三十四歳。プレイボーイの医師・健一《けんいち》と、つかず離れずの間柄を保ちながら、彼にプロポーズされる日を待っている（「水色の空」）。

由紀江《ゆきえ》は文具メーカーで働くOL。恋人の耕次《こうじ》は気分にムラがあり、機嫌を損ねると手がつけられない。会社の後輩・雅美《まさみ》は占い好きで、同じ射手座の由紀江に、逐一、運勢を報告してくるが、由紀江はあまり占いが信じられずにいる（「今日の占い」）。

食品会社の総務で働く祐一《ゆういち》は、妻の奈々子《ななこ》よりも稼ぎが低いことを気にしつつ、いつかはもっと条件のいい仕事に就こうと考えている。そんなある日、奈々子が倒れたという連絡を受けて……（「どこかで誰かに」）。

一人称で描かれる六つの物語は、『タイニー・タイニー・ハッピー』とは異なり、ある一定の場所（またその周辺）や、同じ時間軸で展開するわけではない。けれどある共通点がある。それはどの回にも、子役タレントから本格派女優になっていく〝ゆうちゃん〟が登場することだ。

ホームドラマで健気な少女を演じる十四歳のゆうちゃん。飲料メーカーのＣＭに抜擢《ばってき》された十七歳のゆうちゃん。熱愛が報道されるが、相手の浮気により破局してしまう二十二歳のゆうちゃん。そして電撃婚した二十六歳のゆうちゃん――。登場人物たちは、彼女に好意を持っていたり、逆に嫌っていたりと反応はさまざま。

たとえば「桜前線」の明子は、ゆうちゃんが『どんどん色んな役をやって、いい風に変わっていきたいです』と語る言葉にしみじみと共感するのに反し、「水色の空」の主人公でもある、明子の姉の純子はこんな風に感じている。

何故だろう。「可愛くて、しっかりしたいい子」というのはよくわかるのに、どうして私は、こんなにもゆうちゃんに苛《いら》ついてしまうのだろう。

同じ人間なのに、見る角度や自分の置かれた立場によって他人のイメージは大きく異なる。それは何も芸能人に限ったことではなく、日常的にもあることだ。自分が元気いっぱいのときは、ポジティブな発言をする人を素敵だなと思うけれど、落ち込んでいるときは疎《うと》ましく思うように……。ある種、そういった自分勝手な人間の思考の象徴として、ゆうちゃんの存在が非常に有効に描かれているのだ。

離婚した明子が前向きな発言ばかりしている姿に耐え兼ねて、姉の純子が語るセリフは手厳しい。

「やめなさいよ。カッコ悪い状態を、そうやって無理矢理前向きに仕立てるのは。無理があるわよ。ゆうちゃんはともかく、もう若くない私たちには無理よ。余計、惨めになるだけだわ」

妹に言いながら、自分で自分に言い聞かせているかのような純子。でも、イタさとカッコ悪さを受け入れる姿は清々《すがすが》しくもある。また、六話のヒロイン・奈々子が逃げ腰になっている夫に放つ言葉もグッときた。著者の描く女性は強くて、たくましく、そして何よりカッコいいのだ。

「（略）生きてれば、どうやったって人と関わるのよ！　一人で生きていける人間なんていないるわけないでしょ？　人と関われば、多かれ少なかれどこかで誰かに影響与えるに決まってるのよ！　その歳になって、そんなこともわからないの？　バッカじゃないの？」

本書を縦に貫くテーマは、「生きていれば誰かに影響を与える」ということ。私自身もそうだが、普段の暮らしのなかでその事実を認識できる機会はなかなかない。けれど確かにそうなのだ。発する言葉、行い、いやその人の存在自体が、別の誰かの人生を大なり小なり左右している――。そのことを著者自らもきっと実感し、この作品のテーマに据えたのだろう。

最終話で私たちはある真実を知ることになる。ミステリの謎が解けるように「なるほど、そういうことだったのか！」と膝《ひざ》を打ち、タイトルの意味に納得するだろう。また、各話の登場人物が別の話の端役として登場したり、キーパーソンになっていたりして、連作短編を読む醍醐味を存分に味わえる。もう読んだという方はその点を意識しながら、ぜひもう一度読み返していただきたい。

さて最後になったが、飛鳥井さんに感じた縁について書こうと思う。あれは忘れもしない二〇一一年三月十八日。あの震災からちょうど一週間が過ぎた日に、書斎を見せていただくという某誌の取材でご自宅にうかがうアポイントを入れていた。震災直後の混乱期であり、本来ならば延期なり、中止なりにすべきだったが、編集部からの要請《ようせい》もあり、当初の通り、お邪魔することになったのだ。

快く取材させていただいた後、「震災で見えた人間の本質」というようなテーマで雑談をしていたら、飛鳥井さんがこんなことをおっしゃった。「非常時は普段隠している裏の顔が見えたりしますよね。でも表と裏、両方あるのが人間ですし、物事をいろんな面から見たいと思っています」と。

そのとき以来、私の心のなかにその言葉がある。たとえば、誰かにすごくイヤな対応をされて嫌いになりかけても「この人にもきっといいところがあるはず」とひと呼吸置くようになったし、私自身もそのときに見た印象や自分の気分だけで、他者を評価していないだろうか、と折に触れ、自問自答するようになった。まさに、彼女の言葉に影響を受けているのだ。

今回、本書を読み返して改めて思ったことでもあるが、「飛鳥井千砂という作家が、客観性と優しい視点を持って小説を紡いでいるということをここに記しておきたい。そしてこれからも、その特性を活かしながら温かな物語を生み出し続けてくれることを期待しよう。

（この作品『君は素知らぬ顔で』は平成二十二年三月、小社より四六判で刊行されたものです）

君は素知らぬ顔で

一〇〇字書評

切・り・取・り・線

購買動機（新聞、雑誌名を記入するか、あるいは○をつけてください）	
□（　　　　　　　　　　　　）の広告を見て	
□（　　　　　　　　　　　　）の書評を見て	
□ 知人のすすめで	□ タイトルに惹かれて
□ カバーが良かったから	□ 内容が面白そうだから
□ 好きな作家だから	□ 好きな分野の本だから

・最近、最も感銘を受けた作品名をお書き下さい

・あなたのお好きな作家名をお書き下さい

・その他、ご要望がありましたらお書き下さい

住所	〒				
氏名		職業		年齢	
Eメール	※携帯には配信できません	新刊情報等のメール配信を 希望する・しない			

この本の感想を、編集部までお寄せいただけたらありがたく存じます。今後の企画の参考にさせていただきます。Eメールでも結構です。

いただいた「一〇〇字書評」は、新聞・雑誌等に紹介させていただくことがあります。その場合はお礼として特製図書カードを差し上げます。

前ページの原稿用紙に書評をお書きの上、切り取り、左記までお送り下さい。宛先の住所は不要です。

なお、ご記入いただいたお名前、ご住所等は、書評紹介の事前了解、謝礼のお届けのためだけに利用し、そのほかの目的のために利用することはありません。

〒一〇一‐八七〇一
祥伝社文庫編集長　坂口芳和
電話　〇三（三二六五）二〇八〇

祥伝社ホームページの「ブックレビュー」からも、書き込めます。
http://www.shodensha.co.jp/bookreview/

祥伝社文庫

君《きみ》は素知《そし》らぬ顔《かお》で

平成25年2月20日　初版第1刷発行

著　者　飛鳥井千砂《あすかいちさ》
発行者　竹内和芳
発行所　祥伝社《しょうでんしゃ》
東京都千代田区神田神保町3-3
〒101-8701
電話　03（3265）2081（販売部）
電話　03（3265）2080（編集部）
電話　03（3265）3622（業務部）
http://www.shodensha.co.jp/
印刷所　萩原印刷
製本所　積信堂
カバーフォーマットデザイン　芥 陽子

本書の無断複写は著作権法上での例外を除き禁じられています。また、代行業者など購入者以外の第三者による電子データ化及び電子書籍化は、たとえ個人や家庭内での利用でも著作権法違反です。
造本には十分注意しておりますが、万一、落丁・乱丁などの不良品がありましたら、「業務部」あてにお送り下さい。送料小社負担にてお取り替えいたします。ただし、古書店で購入されたものについてはお取り替え出来ません。

Printed in Japan ©2013, Chisa Asukai ISBN978-4-396-33815-2 C0193

祥伝社文庫　今月の新刊

- 法月綸太郎　**しらみつぶしの時計**
  磨きぬかれた宝石のような謎。著者の魅力満載コレクション。
- 五十嵐貴久　**リミット**
  ラジオリスナーの命を巡る、タイムリミット・サスペンス！
- 西村京太郎　**特急「富士」に乗っていた女**
  部下が知能犯の罠に落ちた――十津川警部、辞職覚悟の捜査!?
- 有栖川有栖 他　**まほろ市の殺人**
  同じ街での四季折々の事件！四人の作家が描いた驚愕の謎。
- 飛鳥井千砂　**君は素知らぬ顔で**
  ある女優の成長を軸に、様々な時代の人々の心を描く傑作。
- 南　英男　**雇われ刑事**
  脅す、殴る、刺すは当たり前。手段を選ばぬ元刑事の裏捜査！
- 太田蘭三　**歌舞伎町謀殺**　顔のない刑事・刺青捜査
  さらば香月功――三五〇万部超の大人気シリーズ、最後の事件。
- 草凪　優　**ルームシェアの夜**
  二組の男女のもつれた欲望と嫉妬が一つ屋根の下で交錯する
- 夢枕　獏　**新・魔獣狩り9**　狂龍編
  壮大かつ奇想天外、夢枕獏の超伝奇ワールドを体感せよ！
- 坂岡　真　**お任せあれ**　のうらく侍御用箱
  窓ぎわ与力、白洲で裁けぬ悪党どもを、天に代わって成敗す！